Wolf Ollrog

Eine Urlaubs-Liebe

für dich

Der Autor:

Wolf Ollrog, Pfarrer, Bonding-Psychotherapeut, Arbeit in freier Praxis. Veröffentlichungen unter anderem: „Nie gesagte Worte" in: Deutschland und seine Weltkriege (2012); „Aus der Traum. 101 Vorschläge, wie man seine Partnerschaft vor die Wand fahren kann" (2013); „Ein Quantum Leben. Woher wir die Kraft zum Leben nehmen" (2014); „Die drei Säulen der Partnerschaft. Was Partnerschaften stabil, ebenbürtig und glücklich macht" (2015); „Wir müssen endlich reden. Die Partner-Diade – eine einfache Gesprächshilfe für schwierige Themen" (2016); „Ich hätte dich gebraucht. Nachkriegsgeschichten" (2017); „Geklopfte Sprüche. Über die Welt, die Liebe und andere unflätige Dinge" (2019).

1. Auflage2019
überarbeitete Fassung 2020

Alle Rechte vorbehalten
Herstellung und Verlag:
BoD - Books on Demand, Norderstedt
ISBN 978-3-7534-3567-1

MIX
Papier aus verantwortungsvollen Quellen
Paper from responsible sources
FSC® C105338

Inhalt:

Vorweg

Solltest du, meine Liebe, ein paar schöne Gedanken gebrauchen können? Dann bist du hier richtig. Du brauchst nur ein wenig Zeit. Komm mit mir! Geh mit mir auf Reisen, lass dich forttragen an jenen guten Ort, wo wir so gern waren, unter die lichte Sonne des Südens, wo die Pinien dufteten und die Zikaden schrillten, wo unergründlich blaues Meer auf dich wartete und nichts dich trieb, nur lockte.

Komm mit auf unsere Trauminsel, auf unsern Traumplatz, wo wir alles baumeln lassen konnten, wo unsere Haut sich wieder glättete und gesunde Bräune anzog, wo wir in der Hängematte schaukelten und dem Tag zusahen, wo wir schöne Gespräche führten, uns köstlich bekochten und mit den Rädern schweißtreibende Ausflüge unternahmen.

Lass dich wieder mitnehmen auf ein paar Ausflüge ins Land der Muße, der Wärme, der unbekümmerten Lebenslust. Lass dich einfangen durch meine Geschichten, die ich dir erzähle und in Erinnerung rufe. Weißt du noch? Ich werde dir vertraute Bilder malen, den Duft der Pflanzen wieder aufrühren, das Rauschen des Meeres zu dir tragen, den durch die Kiefern gehenden Wind einfangen und die Sonne auf dich werfen – komm mit! Was für Tage! Immer draußen! Zu wissen, dass der nächste Tag wieder schön wird! Abends, ohne uns warm anziehen zu müssen, unter freiem Himmel zu sitzen, zu essen, zu klönen, Wein zu trinken! Ach, der Süden! Der Süden ist ein Zauberland. Das Licht ist intensiver, der Himmel größer, die Gerüche und Farben haben mehr Kraft.

Dies Buch ist eine Verführung zum Aufbruch in den Süden, mitten im Alltag, ein Ermunterungsbuch, eine Ansteckung zum Leben, ein Aufputsch-Elixier, wenn dich das Normale einzuschnüren beginnt. Wenn du kränkelst oder Herbsttage dich müde machen. Wenn du älter wirst. Wieder liegt ein Jahr hinter dir und ein neues steht an. Manche glauben, es käme nicht mehr viel, wenn ein bestimmtes Alter über sie kommt, wenn einiges nicht mehr so geht wie vordem. Aber wir wissen: Das stimmt nicht. Es kommt allein darauf an, wie viel Lust wir unserm Leben einhauchen, welche Träume wir haben, welche Lieder wir singen.

Es kommt darauf an, dass wir in Bewegung bleiben. Reisen setzen uns Bewegung. Reisen sind Abenteuer. Reisen sind Antreiber für die Lebensgeister. Reisen bringen unsere Phantasie zum Blühen. Reisen halten uns jung. Die Erinnerung an vergangenen Reisen ruft uns zurück, was in uns steckt. Sie sind Tankstellen für die Seele, Kraftquellen, aus denen wir nachfüllen können.

Ich erzähle dir Geschichten von unseren Reisen in den Süden. Wie ich sie erlebte. Du kannst, du wirst deine Geschichten dazutun. Lass uns zusammen auf Reisen gehen!

Von den Listen

Eine Reise beginnt mitnichten mit dem Wegfahren. Sie beginnt mit den Listen. Das Listenschreiben ist eine Tortur, aber nötig. Auf Listen muss festgehalten werden, was alles mit soll. Auf Listen notiere ich auch, was ich auf jeden Fall noch zu erledigen habe. Was ich noch überprüfen und organisieren muss, was noch zu reparieren oder neu anzuschaffen ist. Was ich auf keinen Fall vergessen darf. Listen sollen meinen Kopf entlasten. Aber das tun sie nicht wirklich. Dauernd denke ich an die Listen. Sie verfolgen mich bis in die Träume. Manchmal wache ich nachts auf, weil mir was eingefallen ist, was noch auf die Liste muss, dann springe ich an den Schreibtisch und kritzele es auf einen Zettel und hoffe. Dass ich es morgens lesen kann.

Die Wochen und besonders die letzten Tage vor der Abreise stehe ich unter Hochspannung. Ich lasse es mir nicht anmerken, aber meine Listen wissen es. Wenn ich am Schreibtisch oder beim Frühstück sitze oder im Haus zu tun habe, sorge ich dafür, dass immer Stift und Zettelblock in greifbarer Nähe liegen. Ich nehme gern einen Block mit verschiedenfarbigen Blättern, weil nicht alles, was ich mir merken möchte, in die gleiche Kategorie fällt. Ich unterscheide sie farblich, aber leider ohne Systematik. Manchmal greife ich mir zum Aufschreiben irgendeinen Fetzen Papier, einen Briefumschlag aus dem Papierkorb, es kann auch schon mal der abgerissene Rand einer Zeitung sein, manchmal sogar ein Stückchen Klopapier, das ist schon vorgekommen, weil, wenn ich nicht gleich notiere, was mir durch den Kopf schießt, es vom Lauf der Dinge weggespült wird – und dann kann mich das Stunden unerträglichen Grübelns kosten. Dann laufe oder sitze ich die Wege noch mal ab, während derer mir der Einfall kam, wiederhole die gleichen Handgriffe und Verrichtungen, suche nach Eselsbrücken. Das kann mich längere Zeit lahmlegen. Ich finde das bedenklich. So alt fühle ich mich doch gar nicht. Es fällt mir partout nicht mehr ein, was doch so wichtig war.

Jemand hat behauptet, alles Wichtige käme wieder. Das mag ja meistens zutreffen. Aber meine Geistesblitze fallen manchmal schlicht durchs Raster. Die sind eher wie einige meiner Träume. Im Traum finde ich manchmal geniale Lösungen für verwickelte Probleme. Alles löst sich ganz einfach auf. Wenn ich dann aufwache, sind sie weg und ich liege völlig entnervt da.

Zurück zu den Listen. Natürlich käme ich ohne die Zettel überhaupt nicht klar. Der Urlaub würde ein Fiasko. Letztes Jahr hatte ich ein paar ganz wichtige Sachen vergessen. Die gepolsterte Radlerhose zum Beispiel. Auch das Ladegerät für die elektrische Zahnbürste und im Jahr davor die Schwimmbrille und das Kabel zum Handy-Aufladen.

Fast immer war da noch was, ich weiß es, das wollte ich auf keinen Fall vergessen. Ich hatte es sogar aufgeschrieben! Das weiß ich. Den Zettel hatte ich an einen sicheren Platz gelegt. Jetzt ist er unauffindbar. Das macht mich völlig kribbelig. Ich werde alt, denke ich. Alzheimer droht. Auch mit Namen habe ich manchmal schon Schwierigkeiten. Wenn das Glück es will, finde ich die Notiz irgendwann nach dem Urlaub wieder.

Wochenlang notiere ich jeden Einfall. Überall habe ich Zettel liegen. Ich erstelle Listen über Dinge, die keinen Aufschub dulden und solche, die ich noch schieben kann. Listen für sehr Wichtiges, für ziemlich Wichtiges, erst mal Zurückstellbares und für Kleinigkeiten. Am unangenehmsten sind Listen über Aufgaben, für die ich erst noch Vorarbeiten leisten muss oder die länger dauern. An bestimmte Sachen muss man sehr langfristig denken, etwa Ausweise überprüfen und gegebenenfalls verlängern, andere darf ich keinesfalls versäumen, Briefe und Emails schreiben, Geld anweisen, die Zeitung abbestellen, das Postsammeln in Auftrag geben, dafür sorgen, dass das Haus gehütet wird, dass die Blumen gegossen werden, dass die Katze versorgt wird. Wo's geht, schiebe ich Unangenehmes auch gern dir zu.

Bestimmte Dinge fallen mir mehrfach ein, sie landen eventuell auf verschiedenen Zetteln. Die vielen Zettel führen zu Unübersichtlichkeiten. Wenn irgendetwas erledigt ist, streiche ich es durch. Wenn es nur halb erledigt ist, streiche ich es nur halb durch. Wenn mir noch etwas Wichtiges dazu einfällt oder wenn etwas mit einem andern Punkt zusammengehört, quetsche ich es zwischen die Zeilen oder an den Rand. Nur auf die Zettelrückseiten darf man nichts schreiben. Kommt aber vor. Manchmal schreibe ich auch mit anderer Farbe oder unterstreiche bestimmte Punkte kräftig, umrande sie, versehe sie mit Ausrufezeichen oder weise mit Pfeilen auf sie hin. Meine Zettel erzählen Ge-schichten. Sie sind nicht bloß Kritzelkladden. Sie gleichen einem Kunstwerk. Vielleicht sollte ich sie einrahmen und ausstellen, die gehen als moderne Kunst durch. Kunst muss man ja nicht verstehen. Man muss sie wirken lassen.

Ganz wichtig ist das Übertragen der Listen in neue Listen, besser sortierte Listen mit anderen Farben, um die Aufmerksamkeit hoch zu halten. Es kommt darauf an, Abgearbeitetes zu eliminieren, Neuhinzugekommenes einzuarbeiten und neue Rubriken aufzumachen. Wenn ich die alten Listen in den Papierkorb pfeffere, ist das ein echt gutes Gefühl. Andererseits zögere ich das Übertragen in neue Listen manchmal auch hinaus, weil es irgendwie besser aussieht, wenn auf einer Liste schon etliches durchgestrichen ist. Dann kann ich mir sagen: Es geht voran. Mit einer neuen Liste fängt man quasi wieder von vorn an.

Wenn man die Merkzettel und Listen um sich ausgelegt hat, muss man aufpassen, dass im Raum kein Durchzug entsteht. Weht ein Zettel unbemerkt unters Sofa, ist er verloren. Das kann ich nur vergleichen mit jener Katastrophe, wenn mir nach der Formulierung langer Texte der Computer abstürzt, eh ich abgespeichert habe.

Natürlich habe ich längst auf vielen Reisen zusammengetragene, sorgfältig zusammengestellte und Jahr für Jahr komplettierte Gesamtmerklisten angefertigt, die ich jedes Mal vor einer Reise penibel durchgehe und komplettiere. Es gibt dann noch Unterlisten für Urlaube in warme oder welche in eher kältere Gegenden, für Kurzurlaube, für Kofferreisen, für Flugreisen, und vor allem für die mit unserem Camper. Jedes Jahr kommen einige Punkte auf den Listen dazu, die notwendig oder wenigstens nützlich gewesen wären und die wir das nächste Mal nicht vergessen wollen oder auch wieder streichen. Jedes Mal nehme ich mir vor, weniger mitzunehmen. Aber meine Listen haben eine versteckte Tendenz zu wachsen statt kürzer zu werden. Ich ahne, dass es irgendeinen geheimnisvollen Zusammenhang zwischen den Wörtern „List" und „Listen" geben muss.

Das Listenschreiben ist eine Krankheit unserer Zeit. Ich glaube, früher brauchte man keine Listen. Da reichte der Kopf. Aber unsere Welt wird immer komplizierter und un-übersichtlicher. Du kannst dir einfach nicht alles merken. Jedenfalls gilt das für mich. Mit Listen kämpfe ich dagegen an.
Ein moderner Mensch schreibt seine Listen eigentlich auf den Computer oder trägt sie ins Handy, aber ich bin davon überzeugt: das macht sie auch nicht kürzer. Und nicht überschaubarer. Und dass es Zeit sparte, ist bloß ein Werbegerücht. Es gaukelt einem Ordnung vor, wo eigentlich Chaos herrscht. Da finde ich Zettel einfach ehrlicher. Und handgreiflicher. Sie schauen mich an. Ich arbeite mich an ihnen ab. Ich führe einen offenen Kampf mit ihnen. Ich schließe sie nicht weg. Ich finde meine Zettel irgendwie menschlicher.

Mit unverhohlenem Neid habe ich miterlebt, wie unser Sohn, als er noch als Pfadfinder unterwegs war, auf Fahrt ging. Um seinen Rucksack zu packen, brauchte er kaum 20 Minuten. Einfach phantastisch. Sowohl einfach wie phantastisch. Jedenfalls unerreichbar für mich. Ich träume nur vom einfachen Leben. Die Wahrheit ist: Ich bin noch nie in Urlaub gefahren, ohne auf beiden Seiten vom Pferd zu fallen: Ich habe zu viel dabeigehabt und irgendetwas vergessen

Loskommen

Jetzt schneide ich erst einmal ein ganz heikles Thema an.
Über das haben wir uns schon x-mal in die Haare bekom-
men. Aber ich komme nicht drum herum. Gehen wir auf
Reisen, ereilt es uns wie ein unausweichliches Verhängnis.
Ich sehe es schon im Voraus auf mich zukommen. Es ist wie
bei einer heraufziehenden Grippe. Ich treffe vorbeugende
Maßnahmen. Ich zögere sie vielleicht hinaus. Aber dann
erfasst sie mich doch. Irgendwie biete ich ihr Angriffsfläche.
Ich kann nichts machen. Das geht mir an die Substanz, und
zwar jedes Mal neu, als wäre es das erste Mal. Es ist aber in
Wirklichkeit das hundertste Mal. Manche mögen das lächerlich finden. Ich wundere mich, wie sie das hinbekommen.
Für uns ist das ein fettes Problem.
Also worum geht es? Ich will es mal so sagen: Für dich geht
es darum, dass du unter Druck stehst und dich bedrängt
fühlst. Für mich geht es um das Warten.
Klingelt da was? Ich kann hier nur für mich reden. Aber ich
rufe die Welt als meinen Zeugen an: Macht doch mal selbst
ein Experiment und geht mit dieser Frau auf Reisen! Ich
sage euch, ihr werdet mich verstehen.

Nehmen wir mal an, wir wollten gemeinsam in unsern
Sommerurlaub fahren. Das haben wir bei unserer Jahres-
planung ausgemacht und mit Datum in unsere Kalender
eingetragen. Nehmen wir mal an, wir hätten in unsere Ter-
minplanung alle noch zu erledigenden Arbeiten einberech-

net und vereinbart, dass wir an einem Mittwochmorgen losfahren. So war das zum Beispiel in diesem Jahr. Sagen wir um 9 oder 10 Uhr. Oder meinetwegen auch noch um halb 12 Uhr. Jedenfalls noch am Vormittag. Also der Termin steht fest. Mehrfach in den vergangenen Monaten haben wir ihn bestätigt. Wir freuen uns auf unsern Urlaub. Jeder hatte lange Zeit, sich darauf einzustellen, seine Listen zu schreiben, alle nötigen Arbeiten darauf abzustimmen. Jetzt beschreibe ich mal, wie das dann bei uns so abläuft.

Ich muss etwas ausholen. Eh wir in den Sommer aufbrechen, haben wir beide leider noch einige zeitintensive Aufgaben zu erledigen. Ich betrachte es als meine Aufgabe, alles, was den Camper betrifft, zu regeln, ihn startklar zu machen, von eventuell noch nötigen Reparaturen bis zu den erforderlichen oder vorgeschriebenen Überprüfungen (Inspektion, TÜV, Gas- und Dichtigkeitsprüfungen); von der Durchsicht, Pflege und dem Verstauen der Campingsachen bis zum Wasserauffüllen und dem Aufbocken der Fahrräder; vom Beischaffen und Kontrollieren der zahlreichen Utensilien, die man beim Campen so braucht, etwa Werkzeug, Kabel, Ersatzteile, Reparaturhilfen, aber auch Regenschirme, Lutschpastillen und CD's, Dinge, die uns die diversen Schrankfächer füllen, bis zum Ausrüsten mit Getränken sowie Einkaufen und Verstauen der Lebensmittel. Ich bestelle die Zeitungen ab und gebe das Sammeln der Post in Auftrag. Außerdem mache ich vor dem Urlaub den Garten klar, schneide die Hecken, kürze die Ranken der Laube, mähe die Wiese. Es sind Arbeiten, die organisiert werden müs-

sen. In Urlaub zu fahren ist garte Arbeit. Aber ich erledige
sie gerne. Sie steigern meine Vorfreude.

Leider wartet aber noch eine zweite, sehr unangenehme
Aufgabe auf mich: die jährliche Steuerklärung, samt Neben-
kostenabrechnungen fürs Haus sowie Einordnen und
Durcharbeiten verschiedener Loseblattsammlungen (insbesondere die immer neuen Steuerverordnungen), das mache ich auch nur einmal im Jahr, immer vor den Ferien. Ich
möchte mal sagen: Diese Arbeiten sind das negative High-
light meiner Vorurlaubswochen. Unter 4 Tagen kriege ich es
nicht hin. Das Wort Steuererklärung ist mein persönliches
Un-Wort des Jahres. Ich sage mir dann immer: Da musst du
durch.

Jetzt du. Du bringst das Haus in Ordnung. Du regelst, wer
unser Haus während unserer Abwesenheit hütet, schreibst
dafür Merkzettel oder sprichst den Gebrauch bestimmter
Geräte ab. Du kümmerst dich um die vielen Blumen, dass sie
unsere Abwesenheit überleben. Um die Vorräte, dass nichts
schlecht wird. Du kümmerst dich um die Wäsche. Du wäscht
ununterbrochen, alles was Kleiderschrank und Wäschepuff
noch hergeben, wenn du schon mal beim Waschen bist. Un-
gewaschen soll da nichts herumliegen und hängen bleiben.
Vor allem hältst du Kontakte. Schreibst Emails. SMSn. Tele-
fonierst. Das kann auch länger dauern. Gern würdest du vor
den Ferien auch noch alle möglichen Freunde besuchen,
weil wir sie jetzt so lange nicht sehen werden. Dir fallen
dauernd Sachen ein, die du noch mit anderen besprechen
musst.

Und auch du hast nach unserer Verabredung eine parallele, nervige Aufgabe zu erledigen: die Quartals- und manchmal Halb- oder Jahres-Krankenabrechnungen. Das machst du auch nicht richtig gern. Deshalb legst du sie gern erst einmal auf Halde. Da wachsen sie an. Leider gibt es für uns schon einiges abzurechnen, eine Begleiterscheinung des Älterwerdens. Die Doppelung der Beleg-Einreichungen bei der Krankenversicherung und den für uns beide unterschiedlichen Beihilfestellen macht das Ganze zu einem komplizierten Verfahren. Jeder Fehler kann Geld kosten. Spaß macht das nicht. Da sitzt du ebenfalls tagelang dran. Das ist purer Stress für dich, zumal du ein ich will mal sagen etwas angegrautes Pappkarton-Ablagensystem betreibst. Die Zeit vor dem Urlaub birgt also für dich wie für mich ihre Herausforderungen. Natürlich haben wir beide außerdem unsere persönlichen Reisevorbereitungen zu regeln, Stichwort Listen. Anders gesagt: Unsere Reizempfindlichkeit ist im Vorfeld der Reise aufgeraut.

Dabei kämpft jeder mit sich auf seine Weise. Das ist eine Frage der Organisation, der äußeren und noch mehr der inneren. Da sind die Herangehensweisen, vielleicht auch die Begabungen nun mal unterschiedlich verteilt, sehr unterschiedlich.

Was mich betrifft, setze ich alles daran, dass ich schon ein paar Tage vor der Abreise alles erledigt habe. Dass mein Schreibtisch blank ist. Ich will alles geregelt haben, alle Rechnungen angewiesen und alle Post beantwortet haben. Zu spät dran zu sein, ist mir ein Graus. Ich brauche das. Wenn ich verreise, muss meine Arbeit getan sein. Ich glaube, das ist ein altes Konzept in mir: Erst die Arbeit, dann das Vergnügen. Dabei versuche ich systematisch vorzugehen. Auch du hast den Anspruch an dich, alles zu regeln, ehe du abreist. Aber du gehst es ganz anders an. Du gehst assoziativ vor. Du folgst dem, was dir ins Auge springt, springst folglich immer mal wieder von einem wichtigen zu einem anderen wichtigen Punkt, der dir gerade noch wichtiger erscheint. Du hast bisweilen Mühe, den Überblick zu halten. Je näher die Abreise, desto größer der Druck. Die Sachen türmen sich. Deine Listen werden gefühlt einfach nicht kürzer.

Die Zeit schreitet voran. Die letze Woche vor dem geplanten Abreisetermin bricht an. Ich frage immer mal nach: „Na, wie kommst du voran? Wie lange brauchst du noch?" Das sind natürlich scheinheilige Fragen. Sie klingen anteilnehmend und harmlos. Das sind sie nach vielen Reiseantritten nicht mehr. Es schwingen Untertöne mit. „Ich bin mittendrin", ist dann deine sibyllinische Antwort. Das ist nicht geeignet, mich zu beruhigen. Auf deinem Arbeitstisch liegen Haufen von Papieren, Briefen, Zetteln, Unterlagen. Wenn ich mal vorbeikomme, finde ich nicht, dass da irgendwas weniger wird und nach Urlaub aussieht.

Ein paar Tage später versuche ich es erneut: „Wie weit", frag ich ganz zaghaft, „bisten?" –„Das steht", sagst du, „in meinen Listen!" Eine listige Antwort.

Die Tage schreiten voran. Der Abfahrtstermin rückt näher. Jeder von uns hat sein Schaff. Wir vermeiden erst einmal weitere Gespräche. Das letzte Wochenende vor der geplanten Abreise kommt und geht vorbei. Der Termin steht wie ein Menetekel an der Wand.

Ich runzele innerlich die Stirn. Ich sehe durchaus, wie du kämpfst. Du gehst sehr spät ins Bett, weil du denkst, dann passe mehr in den Tag. Das ist erklärlich, aber ein Irrtum. Denn folglich stehst du später auf und schaffst am Tage nicht so viel. Am Montag vor der Abreise kann ich meine Unruhe nicht mehr deckeln. Ich ahne zwar, dass weitere Fragen kontraproduktiv sind, aber ich kann es nicht lassen: „Bekommst du das hin bis Mittwochfrüh?" frage ich. Du gibst eine undeutliche Antwort. Ich weiß ohnehin: Du bekommst es nicht hin. Der Dienstag ist schwierig. Du musst noch einmal in die Stadt. Du hast im Keller mit der Wäsche zu tun. Du sitzt am PC. Es kommen verschiedene Anrufe. Mir schwant: Pünktlich kommen wir niemals los. Wie immer. Erneut schaffst du wieder die halbe Nacht.

Es ist Dienstagabend. Ich habe meine Sachen gepackt und im Camper verstaut. Ich habe alles erledigt. Ich bin fertig und startklar. Ich mache mich locker. Wenn ich was vergessen haben sollte, ist es eben so. Wenn's nach mir geht, können wir wie vereinbart morgen früh losfahren. Von nun an bin ich offiziell im Wartestand. Die Stimmung zwischen uns ist labil.

Innerlich habe ich natürlich längst einen Verzögerungstag eingepreist. Für uns wäre es eigentlich viel besser, wir würden mit dem Zug fahren. Dann gäbe es kein Zuspätkommen. Das Schmieren der Proviantbrötchen für zwei Reisetage, meine letzte Tat am Abfahrtstag, habe ich schon um einen Tag verschoben. Ich stelle mich auf Donnerstagfrüh ein.

Aber es könnte sich ohne Weiteres auch noch länger verzögern. Die Stunden dehnen sich. Du wuselst durchs Haus. Ich ziehe mich in mein Zimmer zurück, höre schöne Musik und spiele Freecell.

Am Mittwochvormittag gibst du auf meine nun dringlichen Nachfragen diffuse Pegelstandsmeldungen ab: „Ich komme gut voran" und „Ich bin ziemlich weit". Ich taxiere ab, ob das morgen was wird. Ich muss irgendwie Tempo in die Lage bringen. Ich besorge schon mal die Brötchen für die Reise und schmiere sie. Dann könnten wir morgen in aller Frühe loskommen.

Am Donnerstagfrüh, nach wiederum halb durchgemachter Nacht, wirst du beinah konkret: „Ich nähere mich dem Ende", antwortest du mir. Ich regele letzte Dinge, die mir noch in den Sinn kommen, gehe noch mal alle Listen durch. Auch mir fällt noch was ein. Gegen Mittag gibst du bekannt: „Ich denke, ich brauche noch ein, zwei Stunden". Ich muss das dann aber mindestens mit zwei oder drei multiplizieren, um einigermaßen realistische Werte zu erhalten und ziehe mich wieder auf mein Zimmer zurück. Der Abend naht. Da kommst du und meldest fröhlich, wenn auch ein bisschen gehetzt, du seist fertig. Alles sei verpackt. Es ist jetzt halb 7 Uhr.

Halleluja! Es ist geschafft! Wir können starten. Aber viel Sinn macht es nicht. Lieber gehen wir morgen früh und ausgeruht auf die Piste. Das ist dir recht. Du hast dann doch noch etliches zu tun und bist, wie ich beim nächtlichen Toilettengang mitbekomme, noch die halbe Nacht im Haus herumgegeistert.

Am Freitagmorgen müssen wir dann aber erst noch zur Apotheke und hernach zum Tapen deines in der Nacht angeknacksten Fußes in die Physio-Praxis, aber um halb 10 Uhr, glaub es oder nicht, sind wir dann auf der Autobahn. Es dauert eine Weile, bis ich es realisiere. Beim ersten Halteplatz fahren wir ab, frühstücken genüsslich die nicht mehr taufrischen geschmierten Brötchen und freuen uns auf einen ganz entspannten Urlaub.

Sooft wir auf Reisen gingen, es war, mit unterschiedlichen Nuancen, immer so. Ich schwöre es. Die Beispiele sind Legion. Mit dir kann man einfach nicht pünktlich sein. Dir fällt immer noch was ein, wenn wir gerade losgehen. Manchmal auch was wirklich Wichtiges. Ich stehe gestiefelt und gespornt, du merkst, dass du noch was anderes anziehen musst. Oder dass du noch was mitnehmen musst. Oder dass du noch mal aufs Klo musst. Oder du suchst verzweifelt nach deinen Schlüsseln. Wohlgemerkt: immer erst dann, wenn wir eigentlich gerade weggehfertig sind.

Nehmen wir zum Beispiel an (jetzt wähle ich schon mal ein paar Szenen aus dem Urlaub), wir wollen mit den Fahrrädern eine Tour machen. Nicht weit, vielleicht eine, maximal zwei Stunden. Sagen wir, wir wollen um 4 Uhr loskommen, nach der Mittagshitze. Dann erinnere ich dich um halb 4 noch mal daran, dass wir um 4 Uhr losfahren wollen. Möglichst pünktlich, weil wir nach der Rückkehr noch mal ins Wasser springen wollen. Denn ich weiß aus Erfahrung, du musst Vorbereitungen und Entscheidungen treffen.

Die richtige Kleidung muss gewählt werden, nicht zu warm, nicht zu kalt (ich ziehe immer das Gleiche an, Shorts und T-Shirt). Die Fahrradhose muss untergezogen werden. Es braucht auch die richtigen Schuhe (Leder-Sandalen, Turnschuhe oder Trecking-Sandalen?). Eine Jacke gegen möglichen Regen oder einbrechende Kälte muss vorgehalten werden (obwohl die Sonne vom wolkenlosen Himmel brennt). Es muss jedenfalls auch was Warmes zum Unterziehen mit, ein zweites T-Shirt oder ein Pullover. Und ein Halstuch. Ein Band für die Haare ist erforderlich (wo hast du das bloß wieder hingelegt?), wenn der Wind auflebt oder die Strecke schneller wird. Und Tempotaschentücher zum Austreten hinter die Büsche. Und, nach dem Eincremen, das Sonnenmittel zum Nachschmieren. Natürlich auch die Sonnenbrille sowie das Futteral dafür, wenn man sie mal ablegt. Und das Handy und die Schlüssel, na gut. Geld nimmst du nicht mit; das überlässt du mir. Aber den Plan für die Insel willst du dabei haben, falls wir uns verfahren, obwohl ich inzwischen alle Wege bestens kenne. Auch ein oder zwei Beutel müssen mit, falls wir was einpacken müssen. Und eine volle Flasche Wasser gegen das frühzeitige Verdursten. Du willst eben für alles gerüstet sein.

Ich verpacke die Sachen in die zwei Satteltaschen, die ich an mein Rad geschnallt habe. Das füllt sie gut zur Hälfte. Schließlich muss noch das E-Bike präpariert werden. Der manchmal klemmende Akku ist einzusetzen, ebenso das Steuergerät. Der Fahrradhelm muss aufgeschnallt werden. Dann können wir los. Es geht auf halb 5 Uhr zu.

Man kann sich darauf verlassen: Du fährst erst los, wenn du komplett bist. Du denkst an alle Eventualitäten. Das ist eindrücklich. Ich bin da luschiger. Aber noch eindrücklicher ist für mich, dass dir die Dinge erst nach und nach einfallen. Erst im Vollzug merkst du, was du brauchst. Ich gebe zu, dass das jetzt ironisch gemeint ist. Mehrmals sind wir abfahrbereit, aber Pustekuchen! Dann fehlt noch was. Nicht selten müssen wir noch mal umkehren. Wenn wir dann endlich so weit sind, muss noch die Nase geputzt werden. Und auf jeden Fall musst du noch ein zweites Mal aufs Klo. Ich denke, Hunde können ja auch immer.

Oder nehmen wir mal an (ich schildere jetzt mal eine harmlose Variante), wir wollen zusammen unser Abendbrot richten. Ich mache wie immer den Salat: die Blätter waschen, die Rohkostanteile wie Möhren, Gurken, Zucchini, Kohlrabi, Radieschen, oder was sonst gerade im Hause ist, mit der Reibe kleinraspeln, Tomaten, Äpfel und Obst kleinschneiden, dann den Knobi entblättern und in Scheibchen einstreuen, das Ganze gefällig mit Weißkäse bestreuen und mit Oliven, Kräutern und Körnern garnieren. Außerdem stehe ich dir beim Gemüsewaschen, -putzen und -schnip-peln sowie beim Knoblauch-Schälen und Kleinschneiden zur Verfügung. Ich mache die Vorarbeiten, reiche dir an. Ich mag das. Ich habe zu tun. Ich richte noch den Tisch, decke Geschirr und Besteck, sorge für Getränke. Vielleicht hole ich mir zwischendrin ein kaltes Bier aus dem Laden und süffele es nebenbei genüsslich.

Du stehst derweil im Camper am Herd, dünstest das vorbereitete Gemüse und brätst was Schönes in der Pfanne, Kartoffeln etwa oder Bratlinge oder kochst aus den Resten von gestern eine leckere Suppe. So weit, so gut.

Fast immer bin ich mit meinen Arbeiten eher fertig. Mehr gibt's für mich nicht zu tun. Na, dann lege ich mich noch ein wenig in den Liegestuhl, schaue in die Welt und harre des Essens. Irgendwann setzen wir uns zum Essen. Aber dann fehlt doch noch der Wein. Dann müssen auch noch die Fenster im Camper geöffnet werden, damit der Dunst abzieht. Dann fehlen auch noch ein paar Gewürze. Und dann die Kerze. Dann ziehst du dir, weil es vielleicht etwas abendkühl wird, noch schnell was Wärmeres an. Bei der Gelegenheit wählst du noch eine CD aus und stellst uns schöne Musik an. Dann steht aber der Tisch noch nicht gut, sodass wir beide in den Abendhimmel schauen können. Aber es fehlt noch die Solarleuchte, die ein so schönes Licht gibt, wenn es dunkler wird. Jetzt kann ich den Salat auftun. Halt, du brauchst noch Brot dazu, das muss noch geholt und geschnitten werden. Das regele ich schnell. Aber jetzt geht's los. Wir heben die Weingläser und prosten uns zu. Guten Appetit!

Eine Variante muss ich noch anfügen. Nehmen wir mal an, wir sitzen endlich zum Abendbrot zusammen, nachdem alles angerichtet ist. Mein Hunger ist knurrig. Schon seit Stunden freue ich mich aufs Essen. Alles ist getan. Jetzt muss nur noch der Wein eingeschenkt werden. Da alle Gläser gebraucht und ungespült in der Abwasch-Schüssel stehen, habe ich aus Faulheit (und angesichts meines Hungers) zwei gestern genutzte Gläser hingestellt. Das geht gar nicht. Für den richtigen Genuss benötigst du frisch gespülte Gläser. Eigentlich hast du Recht. Ich schaue schuldbewusst. Du läufst zum Waschhaus, das ist ja nicht weit, um sie zu spülen. Ich wäre zwar nicht so pienzig und würde auch mal ein gestern benutztes Glas nehmen, damit wir endlich anfangen könnten, aber diese paar Augenblicke kann ich schon noch aushalten. Ich warte und schaue in die Gegend. Mein Magen fühlt sich flau an. Ich fasse schon mal Messer und Gabel zur Probe. Das Spülen müsste eigentlich schnell gemacht sein. Irgendwie dauert es, beginnt sich zu ziehen. Jetzt muss sie doch zurückkommen, denke ich. Aber du kommst nicht. Frustriert und gefühlt halb verhungert fange ich ohne dich an. Dann kommst du gut gelaunt zurück. Du hast im Waschhaus jemanden getroffen und dich ein bisschen verklönt.

Ich sage mir immer: so eine ist sie. Reg dich ab. Eine andere habe ich nicht. Und eine andere will ich auch nicht. Aber einfach ist sie nicht.
Du bist mit halben Sachen nicht zufrieden. Du brauchst es, wenn nicht perfekt, so doch komplett. Du denkst an alles.
Ich bin da viel ungenauer. Ich bin aber auch viel schneller, mit allem. Ich setze Prioritäten. Ich brauche für die Dinge nicht so lange. Ich esse auch schneller als du. Du nimmst dir Zeit. Darin bist du mir wirklich voraus. Oder hinterher, wie man will.
Wer mit dir unterwegs ist, sitzt halt öfter auf der Wartebank. Ich muss zugeben: Das fordert mir einiges ab. Manchmal habe ich das Warten einfach satt, jedenfalls

wenn ich nicht weiß, wie lange es dauert. Man kann nichts machen. Ich fühle mich fremdgesteuert.

Ich komme ins Sinnieren. Warten kann so schön sein; etwa wenn die Aufregung steigt, wenn eine Überraschung damit verbunden ist wie an Weihnachten. Wenn man aufpassen muss und einen bestimmten Moment nicht verpassen darf, etwa wenn man die Natur beobachtet. Oder wenn der Vorhang aufgeht. Warten kann auch zur Qual werden, wenn man sich versetzt fühlt. Es kann sich anfühlen wie ausgeliefert sein, sich nicht wichtig genommen finden, einem anderen hinterher laufen. Ich habe mir sagen lassen, dass dieses Spiel manche Beziehung auf Trapp hält. Mich turnt es ab. Eine Weile lang spiele ich mit. Ich denke, mein Toleranzbereich hält gewisse Dehnungen aus. Das ist eine Mentalitätsfrage. Aber es gibt auch Überdehnungen. Dann fährt es mir raus: „Mir reicht's! Ich warte nicht mehr! Ich fahre allein!" Es ist Zeit ein Exempel zu statuieren.
Ich fahre natürlich nicht allein. Ich statuiere nichts. In Abwägung der Fürs und Widers, die unvermeidlichen partnerschaftlichen Kollateralschäden abschätzend, auch die unerschöpfliche Fähigkeit des Gewöhnens, Vergessens und, was gewichtiger ist, die heimliche Überzeugungskraft der eigenen Bedürftigkeit ermessend, brechen meine widerspenstigen Anteile in sich zusammen. Das ist eine Frage der internen Interessenabwägung. Spontane Gefühlsausbrüche mögen ein bisschen Dampf aus dem Kessel nehmen; langfristig entpuppen sie sich eher als Blindgänger.

Dabei ist mein Maß rüttelvoll. So geht es einfach nicht. Aber eben: Das klingt ab. Es verläuft sich. Es dauert nicht lange, ähnlich den dalmatinischen Gewittern. Sie kommen gewaltig, entfalten ein beängstigendes Spektakel, aber es dauert nicht lange, dann fallen sie in sich zusammen und sind schon wieder weg. Du glaubst es nicht, wie schnell die Sonne lacht.

Ich sag's mal so: Wollte ich meinen ersten Emotionen folgen (wie das heute manche Therapien propagieren), dann würde ich wahrscheinlich allein in Urlaub fahren, würde allein am Tisch sitzen – und mit wem sollte ich dann meinen Wein trinken?

Ach meine Liebe! Erinnerst du dich an das Kapitel über den „schwierigen" Partner aus meinem Buch „101 bewährte Vorschläge, wie man seine Partnerschaft vor die Wand fahren kann"? Das habe ich speziell für uns geschrieben. Aus dem Buch kann ich noch was lernen.

Unterwegs

In den Urlaub zu fahren ist eigentlich eine Kunst, die aber in heutiger Zeit weitgehend verlernt wurde. Auf zwei Weisen kann man sie verlieren oder zerstören. Zum einen kann man das Reisen zum schlichten Anreisen degradieren. Zum andern kann man sich das Fahren auf verschiedene Weise erschweren.

Als Kind nahm mich mein Großvater mit, wenn er einmal im Jahr seinen Lieblingsbruder in Bremerhaven besuchte. Das waren meine ersten Reisen. Von Haus zu Haus dauerte es mit Bus und Bahn und Fußwegen mehr als einen halben Tag. Alles daran war aufregend, das frühe Aufstehen, das Abfahren und Winken, die eiligen Menschen mit ihren Koffern und Rucksäcken, das Kaufen der Fahrkarten, die einfahrenden Züge, die Ansagen der Lautsprecher auf dem Bahnsteig, der Bahnhofsvorsteher mit seiner Kelle, die fremden Menschen im Abteil, der streng kontrollierende Schaffner, die vielen Bahnhöfe, die aus- und einsteigenden Reisenden, die vorbeieilende Landschaft. Ich stand die ganze Zeit am Fenster.

„Wenn einer eine Reise tut, so kann er was erzählen", dichtete *Matthias Claudius* vor über 200 Jahren. Seine Zeit, als man zu Pferd oder per Postkutsche reiste, ist vorbei. Zuerst die Eisenbahn, dann das Automobil, schließlich das Flugzeug haben – nicht ohne Widerstand – Geschwindigkeit ins

Reisen gebracht. Das hat aus Reisenden Eilende gemacht. Landschaft und Menschen verkürzen sich zu Augenblicken.

Wer zu oft am Fenster stand, während die Gegend an ihm oder ihr vorbeiflog, schaut irgendwann nicht mehr genau hin. Die Geschwindigkeit verwandelt das Reisen ins Anreisen. Distanzen schnell zu überbrücken ist das Herzstück der time-is-money-Lebenswelt des modernen Menschen. Längst bestimmt sie nicht mehr nur die Arbeitswelt. Wir nehmen sie auch auf Reisen, in den Urlaub mit.

Auf Reisen gehen: Es lohnt sich, darüber nachzudenken. Was kann das für mich und uns unter den Bedingungen von Ökologie, Klima, allgemeiner Lebensart und persönlichen Überzeugungen bedeuten? Was passiert mit uns, wenn wir in Urlaub fahren? Wie wollen wir reisen, wenn die Welt vorüberrast? Wenn das Kind in uns sich an der Fensterscheibe die Nase plattdrückt?

Wenn ich mit dir auf Reisen gehe, heißt das für mich: Ich mache mich auf, ich komme in die Puschen, ich werde aktiv, bewege mich, setze mich in Gang. Das tut mir gut. Es bringt Abwechslung in mein Leben. Reisen heißt für mich zugleich, dass ich das Übliche, Normale hinter mir lasse und mich öffne für Fremdes, also Neues wage, unbekanntes Gelände betrete. Das ist aufregend und spannend. Das verspricht Abenteuer. Es macht aber auch Angst. Reisen bedeutet weiter, Anstrengungen und Unbequemlichkeiten auf mich zu nehmen – je nachdem mehr oder weniger. Ich mute mir was zu, und das bekommt, je älter ich werde, desto mehr Bedeutung für mich. Und Reisen bedeutet schließlich, mich zu verändern. Ich versuche nicht zu konservieren, was ich mir erworben habe, auch nicht mich selbst, sondern sage ja zum Wandel. Darin wird mir das Reisen zur Lebens-Metapher.

Es kommt deshalb darauf an, *wie ich reise*. Fährt man in den Urlaub, muss man sich entscheiden. Es macht einerseits einen Unterschied, ob meine Reise (wie heute durchweg) nur Anreise ist für den anschließenden Urlaub, oder ob das Reisen, Sich-Fortbewegen selbst Bestandteil des Urlaubs ist. Es macht vor allem einen großen Unterschied, welches Fortbewegungsmittel ich benutze; *wie* ich mich bewege, ob zu Fuß, mit dem Fahrrad, dem Auto, mit Bahn und Bus, mit Schiff oder Flugzeug. Wir haben uns für das Reisemobil entschieden.

Fangen wir aber mit dem Zu-Fuß-Gehen an. Heute gibt's das fast nur noch bei Pilgerreisen und Wanderurlauben. Allerdings muss man in der Regel längere Anreisen und Rückfahrten dazurechnen. Und man kann nur ganz wenig mitnehmen. Eigentlich gar nichts. Oder man braucht gleichzeitig einen Gepäcktransport beziehungsweise einen sehr stabilen Rücken. Das Anreisethema gilt auch für den Wander-Urlaub, der üblicherweise von einer festen Unterkunft ausgeht. Ums Anfahren kommt man nicht herum. Sich das Land zu erwandern, ist sicher die intensivste Form des Reisens. Man braucht aber gute Füße dazu. Man ist wetterab-

hängig. Man darf, jedenfalls beim Pilgern, bei den Schlaf-
plätzen nicht wählerisch sein. Das schmälert meine Lust.

Zweitens das Fahrrad. Es erschließt dir größere Entfernun-
gen und ist dabei ökologisch gesehen unschlagbar. Es ist
relativ gemächlich, bringt einen näher an die Landschaft.
Aber ich habe Einwände. Größere Reisen mit dem Fahrrad
sind mir zu unbequem. Wenn man alles, was man braucht,
auf dem eigenen Rad transportieren muss, wird das Rad
schwer und mein Hintern böse. Und man kann nur wenig
mitnehmen. Der Vorteil ist: Man tobt sich aus. Der Nachteil
ist, man ist hinterher schlagkaputt. Man muss sich nach dem
richten, der am langsamsten fährt. Für den Schnelleren
heißt das öfter warten. Man muss es abends aber bis zur
Herberge schaffen, bei Gegenwind und Regen. Manchmal
sind das Oasen. Aber es ist nicht sicher, dass das Bett bequem ist. Irgendwann gibt's sozusagen von hinten her, von
Rücken und Po, Streiktendenzen.

Sodann Reisen mit dem Zug. Es sind Kombi-Reisen, sie verbinden Bahnfahrten und Fußwege. Sie bieten sich an, wenn
man ein Standquartier hat, etwa Städte besucht oder einen
Wanderurlaub macht. Das haben wir ab und an gemacht.
Zugreisen bedeutet, Kofferschleppen und aus dem Koffer
leben. Das mute ich mir inzwischen nur noch bei Studienreisen zu. Wandern liebe ich zwar, aber meine Füße sind
nicht mehr taufrisch. Viele Jahre hat mich der Fersensporn
lahmgelegt. Und du hast seit einiger Zeit Hüfte.

Flugreisen, womöglich über Kontinente hinweg mit Jetlag und Schlafstörungen, finde ich strapaziös. Außerdem bekommst du von der Reise nichts mit. Du steigst im Winter ein und im Sommer aus. Fliegen ist mir ein Graus. Ganz zu schweigen von den engen Sitzen, der fehlenden Beinfreiheit, dem Nichtschlafenkönnen. Und erst recht zu schweigen von den ökologischen Schäden des Fliegens: dem Lärm, der Luftverpestung, dem Kerosin-Ablassen. Flugreisen und Kreuzfahrten sind inzwischen die bevorzugten Fortbewegungsmittel des Pauschal- und Massentourismus. Darum machen wir schon immer einen Bogen. Sie sind für mich der Inbegriff des zerstörerischen Reisens.

Also bleibt für uns nur das Auto, wenn wir im Urlaub verreisen wollen. Da haben wir klein angefangen; mit einem zum Notschlafen umgebauten VW-Käfer und einem erst kleinen, später größeren Zelt, dann lange mit einem zur Familienunterkunft ausgebauten Hubdach-VW-Bulli, schließlich mit unserm Camper. Ökologisch und langfristig betrachtet ist das Auto das falsche Verkehrsmittel. Autos verpesten die Luft, verursachen Lärm, verbrauchen Landschaft. Die Zeit der fossil angetriebenen Autos läuft aus. Aber Camper mit E-Antrieb gibt es noch nicht. Sie wären wohl auch zu schwer und hätten zu kurze Reichweite. Und E-Autos würden nur Sinn geben, wenn sie durch Ökostrom gespeist wären. Sind sie unterwegs aber nicht. Andrerseits kann ein Camper das Reisen zum Vergnügen machen. Er gibt uns die Chance, nicht nur unser Reiseziel zu erreichen, sondern das Reisen wieder als Urlaub zu erleben.

Denn Reisen, das ist meine – und ich denke auch deine – Überzeugung, ist mehr, als sich vom einen zum anderen Ort zu bewegen uns sich dann, am Ziel, etwas bieten zu lassen. Reisen wird vielmehr dann zum Erlebnis, wenn man es gestaltet. Reisen bedeutet deshalb für mich sich selbst bewegen, vorankommen, weitergehen, sich entwickeln, kreativ sein, etwas ausprobieren. Es ist für mich ein Sinnbild für die Einsicht, dass Leben heißt, in Bewegung sein und dass Stillstand Rückgang bedeutet; also letztlich ein Symbol dafür, dass alles, was ist, im Wandel begriffen ist.

Diese Gedanken verführen mich zu einem kleinen philosophischen Ausflug. Dass nichts bleibt, wie es ist, hat schon *Heraklit* beschrieben: Er hielt es für das Wesensmerkmal des Lebendigen und der gesamten Welt schlechthin: panta rhei, „alles fließt". Nie steigt man zweimal in den gleichen Fluss. Nichts bleibt. Es gibt nur ein ewiges Werden und Wandeln. Diese Einsicht findet sich auch andernorts. Das Judentum etwa erzählt sich die Geschichte vom wandernden Gottesvolk, das unter größten Beschwerden und Gefahren aus der ägyptischen Sklaverei ins Gelobte Land zieht. Die dahinter stehende Überzeugung ist: Wir sind Pilger, von der Wiege bis zur Bahre. In diesem Sinne formulierte schon *Konfuzius* den inzwischen sehr bekannten Spruch: „Der Weg ist das Ziel".
In Philosophie und Literatur wurde dieser Gedanke oft aufgegriffen. Vielmals hat die Literatur das Reisen besungen und beschrieben und als Metapher für die persönliche Entwicklung verstanden, etwa in *Homers* Odyssee oder bei

Sindbad dem Seefahrer aus 1001 Nacht oder in *Jules Vernes* Romanen. In der modernen Therapie wird dieser Gedanke durch die Metapher der Heldenreise aufgegriffen. Solche Konzepte eint die Überzeugung: Reisen bildet nicht nur. Reisen wandelt. Mehr noch: Das Leben selbst ist eine Reise. Ein dauernder Wandlungsprozess. Es ist nicht nur eine Entfernungsüberbrückung auf dem Weg zu einem Ziel. So wie wir es als Kinder manchmal dachten: „Hoffentlich bin ich bald groß!" „Wenn ich erst die Prüfung, das Examen geschafft habe, dann beginnt das Leben!" Manche verpassen das Leben, weil sie darauf warten, vorher noch was erledigen zu müssen. Leben heißt aber, immer unterwegs sein, zu reisen. Vielleicht könnte man die griffige Formulierung des *Konfuzius* etwas sperriger formulieren: „Das Ziel liegt im Weg". Denn manche denken, es ginge nur, nach vielen Anstrengungen, darum, ins Ziel zu kommen. Das versperrt ihnen den Weg. Gewiss liegt darin eine große Befriedigung, ein gestecktes Ziel zu erreichen. Aber ich denke, es geht um viel mehr. Wollen wir lebendig sein, müssen wir begreifen, dass wir eben nie am Ziel sind, sondern dass das Unterwegssein selbst das Ziel ist. Das kann man beim Reisen neu entdecken.

Darin liegt meiner Meinung nach übrigens der wesentliche Unterschied zwischen Reisenden und Touristen: Reisende bewegen und verändern sich und setzen sich dabei Risiken und Nebenwirkungen aus. Sie begeben sich aktiv auf die Suche. Touristen suchen vorrangig das Vergnügen und sind passiv, in der Erwartung, dass die interessanten Erlebnisse auf sie zukommen.

Tourismus: ein schwieriges Thema. Der Tourismus ist für
viele Länder und Gegenden der Erde ein Wohlstand-
Füllhorn, in dem eine Pandorabüchse steckt. Fluch und Se-
gen in einem. Einige profitieren, andere verlieren. Schon vor
fast 40 Jahren haben wir Seminare zum Thema „Sanfter
Tourismus" durchgeführt. Es hat nicht an Brisanz verloren.
Niemand kann sich dem entziehen, der auf Reisen geht.
Auch für uns ist die Frage bleibt: Wie halten wir es mit dem
Reisen? Welche Nebenwirkungen hat unser Reisen auf Land
und Leute, auf Flora und Fauna, auf die Natur? Wie sind wir
unterwegs? Was bekommen wir mit von dem, was uns
umgibt? Kennen wir nicht auch das Phänomen des bloßen
An- und Durchreisens?

Neben solchen grundsätzlichen Problemfeldern tun sich
beim Reisen auch noch ganz praktische auf. Von denen erzählt man seltener, aber sie gehören dazu. Einige von ihnen
haben das Potential, das Reisen unkomfortabel zu machen.
Wir können da durchaus mitreden. Ich habe das ganz im
Anfang des Kapitels angedeutet.
Das Gute nenne ich aber zuerst: Wir sind mit dem Reisemobil unterwegs. Das war und ist unsere Form des Reises. Nie
sind mir Zweifel daran gekommen. Es ist für mich die freies-
te Form des Reisens und Urlaubens. Wir fahren los, wenn
wir so weit sind. Wir machen Rast, wo es uns gefällt. Wir
sind an keine Termine gebunden. Wir bleiben, solange wir
wollen. Wir haben immer ein Dach überm Kopf. Wir haben
dabei, was wir brauchen. Wenn es uns nicht gefällt, ziehen
wir weiter. Wir sind mobil. Wir sind autark. Wir sind unge-

bunden. Wir folgen unsern Einfällen. Das unterscheidet diese Art des Reisens von den allermeisten anderen. Insbesondere auch von den touristischen Reisen. Wir können und müssen immer neu entscheiden, wie es weitergehen soll. Aber natürlich gibt es auch Bedingungen, die unsern Urlaub erschweren können. Ich will sie genauer betrachten.

Es beginnt damit, dass wir losfahren. Das Fahren ist bekanntlich unvermeidlich, wenn man eine Reise tut. Wenn man wie wir mit dem Reisemobil unterwegs ist, hat es auch anstrengende Seiten. Gewiss beneiden uns viele um die freie, unabhängige Art des Reisens. Du weißt morgens noch nicht, wo du abends landest. Aber ums Fahren kommen wir nicht herum, nicht um ein paar gefährliche Verkehrs-Situationen, nicht um verstopfte Straßen und Staus. Es ist ein weiter Weg bis zu unserer Insel, zwei Tage und schätzungsweise 15 Stunden reine Fahrt, je nachdem, welche Strecke wir nehmen. Nur zu fahren, wäre schon aus Konditionsgründen ätzend. Ich gebe zu, dass wir manchmal, wenn wir uns nach anstrengenden Wochen sehr nach Urlaub sehnten, wenn wir reif waren für die Insel, schon in Versuchung kamen, so schnell wie möglich anzukommen. Aber wir wissen: Das ist keine gute Idee. Sie macht das Reisen zum Stress.

Deshalb unterteilen wir unsere Reise, machen lieber Umwege und besuchen unsere Freunde auf dem Weg. Dann kann sich die Reise auf vier, fünf oder sechs Tage hinziehen. Und häufig bauen wir auch Nebenstrecken ein, schauen uns was Neues an, lernen mal ganz neue Gegenden und neue Übernachtungsplätze kennen. Vielleicht bleiben wir einfach noch einen Tag länger. Das kann man nur, wenn man mit dem Camper reist. Deshalb buchen wir auch nicht vor – was man auf unserem Platz auch gar nicht kann. Wir legen uns nicht fest.

Sodann ist das Reisen als solches nicht problemfrei. Darüber habe ich schon gehandelt. Im Blick auf den vielgenannten ökologischen Fußabdruck wäre es natürlich am klimafreundlichsten, wenn wir einfach wandern würden oder mit dem Fahrrad führen. Für kleinere Alltagsunterbrechungen ist das auch die richtige Variante. Aber für den großen Urlaub zieht es uns in den Süden, da brauchen wir einen Ortswechsel. Da sind wir Kinder der Zeit. 75 Nachkriegsjahre haben uns zu Reisenden gemacht. Aber auch mit einem Diesel-Wohnmobil zu reisen ist ökologisch kein Vorzeigeprojekt, bestenfalls ein Kompromiss. Um ein schlechtes Gewissen kommen wir nicht herum.

Auch unsere persönliche Reisegestaltung ist nicht wirklich konfliktfrei. Da muss ich etwas aus dem Nähkästchen plaudern. Ich setze mich gern hinters Steuer. Fahren macht mir Spaß.
Meistens unterhalten wir uns viel. Von anderen weiß ich, dass sie gern Radio oder Musik hören oder Hörbücher einlegen. Das ist nicht unbedingt mein Fall. Insbesondere Hörbücher lenken mich manchmal zu sehr ab. Wenn eine Verkehrssituation meine ganze Aufmerksamkeit fordert, bekomme ich nicht alles mit. Dieses Nebenbei-Hören ist auf Dauer nichts für mich. Die geteilte Aufmerksamkeit nimmt

beidem das Beste weg. Außerdem unterhalte ich mich viel lieber mit dir. Was haben wir nicht schon für wichtige und lange Gespräche beim Autofahren geführt! Selten geht uns der Stoff aus.

Bis wir auf unserer Insel sind, sitzen wir mehrere Tage nebeneinander im Auto. Keiner kann weglaufen. Kein anderer hört zu. Niemand unterbricht uns. Das ist ideal für intensive, intime und, zugegeben, auch konfliktlastige Themen. Das nutzen wir weidlich. Gelegentlich ist das anstrengend, aber es hält wach. Natürlich machen wir Pausen. Manchmal hören wir Nachrichten oder ein Feature im Radio. Aber eben kein Hörbuch, das uns innerlich zupflastert.

Üblicherweise sitze ich am Steuer. Das ist rollenkonform, das nehme ich in Kauf. Noch immer sitzen nach Schätzungen Männer doppelt so häufig hinterm Steuer wie Frauen, obgleich die Frauen bei Autokauf und Führerscheinausstellung weiter aufholen. Männer am Steuer, das betrachten sie als ihre Domäne. Ich gebe zu, ich bin auch so einer. Jedenfalls oft.

Von dir aus setzt du dich selten hinters Lenkrad. Eigentlich verträgt sich das nicht mit unserm partnerschaftlichen Anspruch. Du könntest wenigstens öfter mal so tun, als ob du ans Steuer möchtest. Naja, manchmal machst du das auch. Aber ich gebe dir den Platz nicht gern ab. Ich setze mich selbstverständlich erst einmal auf den Fahrersitz. Ich fahre einfach gern und viel lieber selber, auch weil ich die Position als Beifahrer anstrengender finde. Du bist einfach zu langsam. Du verfällst beim Fahren bisweilen in eine Art

Trödel-Trance. Du überholst nur, wenn weit und breit kein Auto kommt. Klar, dass du die schwierigen Fahr-Passagen gern mir überlässt. Etwa enge, kurvenreiche Überlandstrecken, wenn es seitwärts steil nach unten geht oder wenn die Leitplanken fehlen.

Manchmal brauche ich auch mal eine Abwechslung, aber meist halte ich Kurs, vor allem, wenn wir's eilig haben, weil wir zum Beispiel noch die Fähre erreichen müssen. Dann bleibe ich am Steuer, auch wenn es anstrengend ist. Aber würdest du lenken, wäre es – und ich sage: für uns beide! - noch anstrengender. Erstens kämen wir wesentlich langsamer voran. Und zweitens bin ich kein guter Beifahrer. Ich kann auch sagen, es fordert mir zu viel Selbstbeherrschung ab, mich nicht einzumischen. Vielleicht sollte ich dieses Kapitel hier lieber nicht öffnen. Ich sage nur so viel dazu: Es ist für uns beide erholsamer und konfliktärmer, wenn ich am Steuer sitze. Schwamm drüber.

Sodann fahre ich aus deiner Sicht zu schnell. Damit stoße ich in ein weiteres Wespennest. Also während ich die Kilometer schrappe, beschäftigst du dich öfter mit dem Handy. Wenn du mit deinem Handy beschäftigt bist, merkst du gar nicht, wie schnell ich fahre. Nur wenn du hinschaust. Dann macht es dir plötzlich Angst. Vor allem bergab und in den Kurven. Obwohl ich ganz sicher fahre, finde ich. Wenn du mich freundlich bittest, fahre ich auch eine Weile langsamer. Wenn du mich anranzt, bleibe ich stur. Schon haben wir einen saftigen Konflikt. Er hilft aber zum Wachbleiben.

Oder nehmen wir das Kartenlesen. Wir fahren altmodisch nach Karte, nur selten mit Navi. Einen größeren Teil der Strecke kennen wir bestens. Aber öfter fahren wir auch mal andere Strecken. Also ich fahre. Du studierst die Karte. Allerdings, mit der Orientierung und vor allem mit rechts und links hast du dein Tun. Ich sage es mal so: Tatsache ist, dass wir uns gern mal verfahren. Vor allem, wenn wir es gerade eilig haben.

Oder ein anderes Beispiel: Ich will mit dem Camper einparken. Du stehst draußen und gibst mir keine eindeutigen Kommandos. Du fuchtelst irgendwie ungenau mit den Armen rum, finde ich. Das bringt mich ruckzuck auf die Palme. Einmal bin ich hinten aufgefahren. Der Camper hat eine ziemliche Beule. Aber ich muss zugeben, das lag nicht an dir.

Es gibt auch noch ein anderes etwas schwieriges Thema, das sind die Pinkelpausen. Alle ein bis zwei Stunden ist es soweit. Das hat mich oft zum Aufstöhnen gebracht. Dann muss ich den nächsten Parkplatz ansteuern, der hoffentlich ein Toilettenhäuschen hat. Irgendwann haben wir das dadurch entschärft, dass du während der Fahrt auf unser Bordklo gehst. Das ist zwar eigentlich nicht erlaubt, aber die beste Lösung. Sie hat in mehrfachem Sinn Druck aus dem Kessel genommen.

Ich bin insgesamt viel mehr darauf aus, effektiv und zügig zu sein. Du bist von Natur aus entschleunigter. Ein Beispiel dafür will ich noch nennen. Wenn wir auf einem neuen

Campingplatz ankommen und einchecken müssen, ist das Anmelden deine Sache. Aber du gehst das in Ruhe an. Du hast dir die nötigen Unterlagen nicht schon vorher parat gelegt. Du musst dir erst die Schuhe anziehen, musst noch nach Ausweisen, Geld, Camping-Carnet, Taschentüchern und ich weiß nicht was kramen, musst eventuell auch noch mal aufs Klo. Ich bin noch im Fahrmodus, habe sozusagen noch den Fuß auf dem Gas. Für mich muss immer alles zackzack ablaufen. Dann reiben wir uns gern. „Beeil dich!", diese Einschärfung aus Kindertagen höre ich immer als cantus firmus in mir. Ich muss was erreichen, effektiv sein. Gelassenheit muss ich mir erst bewusst genehmigen. Das mag man mir äußerlich gar nicht ansehen. Äußerlich verschreibe ich mir Ruhe. Innerlich bin ich ungeduldig, ein Getriebener und ein Antreiber. Reisen ist ein Lernfeld für mich.

Ankommen

Was ich jetzt schreiben will, scheint auf den ersten Blick in Spannung zu dem vorangegangenen Kapitel zu stehen.

Eine heimliche Sehnsucht, die jeden Urlaub beflügelt, ist die Hoffnung auf stressfreie Wochen, auf eine Pflichtenpause, auf Entspannung und Gelassenheit, auf einen Zustand, wo man endlich mal alles Schwere hinter sich lassen kann. Aber, ich sage es mal deutlich, das ist bloß eine freundliche Illusion. Da sucht sich einer im Prospekt das schönste Reiseziel aus, optimal im Preis-Leistungs-Vergleich, da steuert man einen Sehnsuchtsort an – aber das macht daraus noch lange keinen gelungenen und entspannten Urlaub. Verreisen kann jeder. Ankommen ist die Kunst.

Was ich damit meine, möchte ich an ein paar Beispielen aus unseren Urlauben demonstrieren.
Ohne Frage besitzt ein normales Arbeitsleben genügend stressige Anteile, die Grund geben, sich einmal im Jahr einen umfangreichen Urlaub zu gönnen. Ich behaupte: Auch ein Rentnerleben ist nicht frei von Stress und kann Luftveränderung gut vertragen. Zu dem über Wochen und Monate angesammelten Bedürfnis nach Urlaub, Erholung und Ausspannen gesellen sich für Wohnmobilisten aber nun noch umfangreiche Vorbereitungen, Entscheidungen und Absprachen im Vorfeld einer Reise, die sich leider nicht ver-

meiden lassen. Darüber habe ich schon geschrieben. Mit den Reisevorbereitungen kann man sich, mit und ohne Listen, wochenlang unter Strom setzen. Und dann erst das Packen. Das ist auch nicht ohne. Manche Menschen packen quasi nebenbei. Ich bewundere und beneide sie. Ich nehme noch einmal unsern Sohn als Beispiel. Der kann das. Ich glaube, es liegt daran, dass er einfach nicht viel mitnimmt. Ich dagegen will immer für alles gerüstet sein. Und es ist nun mal eine alte Wahrheit: Je mehr du hast, für desto mehr musst du sorgen. Je weniger du hast, desto leichter kannst du laufen. Das einfache Leben ist einfach einfacher. Ich wünsche es mir vielleicht, aber ich suche nicht das Einfache. Ich will zu viel. Ich will nachholen, was ich versäumte. Meist hat man sich, ehe es losgeht, einen gehörigen Urlaubshunger angesammelt.

Dann kommt das Fahren. Es ist bekanntlich unvermeidlich, wenn man eine Reise tut. Es kann sich ziehen. Und so schön es ist, vorher noch alle möglichen Freunde zu besuchen oder was anderes kennenzulernen, irgendwann wollen wir auf unsere Insel. Irgendwann gerät dann, wenn ich jetzt von mir rede, meine Lust am Fahren und Neues Sehen doch ins Kippen, und dann will ich nur noch so schnell wie möglich ankommen. Ankommen, darum geht's! Ich möchte ankommen.

So geht mir das immer: Wenn wir auf dem Weg sind zu unserer Insel, findet in mir, je näher wir unserm Ziel kommen, eine Verwandlung statt. So etwa ab Zadar, wenn wir in gro-

ßen Schleifen vom Gebirge in die Küstenebene hinunter
fahren, wenn die Vegetation sich ändert und die mediterra-
ne Pflanzenwelt das Kommando übernimmt, wenn man
durchs offene Fenster schon Zikaden schrillen hört, wenn
die Temperaturen um ein paar Grad steigen, wenn in der
Ferne das erste Mal das Mittelmeer in der Sonne glänzt und
ruft: „Komm rein!" - dann beginnen sich meine Säfte zu
konzentrieren. Dann baut sich eine Art Urlaubsrausch in
mir auf. Dann will ich ankommen.
Dann verfliegt die Anstrengung der langen Fahrt und ich
kriege einen neuen Schub, dann weiten sich meine Pupillen
und Lungen von der gefühlten Seeluft. Und wenn wir endlich ins Hafengelände in Split einfahren und auch einen
Platz gefunden haben auf der Fähre und aus dem Camper
steigen und sehen, wie das Schiff den Hafen verlässt, wenn
wir schließlich auf der Insel landen und nur noch die letzten
Kilometer bis zum Platz vor uns haben, wenn wir am Ende
durchs Tor des Campingplatzes rollen und aussteigen –
dann ist das wie ein großes Ja!
Wir sind angekommen! Wir sind da, heil und gesund. Die
letzte Strecke, die wir so gut kennen, zieht meist wie im
Flug an mir vorbei. Ich merke, wie ungeheuer urlaubshung-
rig ich bin. Jetzt beginnt der Urlaub. Jetzt geht's los! Urlaub,
wir kommen! Und es ist alles da, Meer, Strand, Sonne zum
Abwinken.

Aber Pustekuchen. So ist es eben nicht. Das will ich etwas
genauer erzählen, obwohl ich dabei selber nicht so gut
wegkomme. Zunächst einmal wird es kompliziert. Wir ge-

hen mit dem Ankommen unterschiedlich um. Ich spüre: Ginge es nach dir, würdest du am liebsten gleich ins Wasser springen. Ich gebe es nicht gern zu, aber eigentlich halte ich das für naheliegend. Nichts brauchten wir jetzt dringender als ein erfrischendes Bad. Und dann könnte man vielleicht erst mal ins Restaurant gehen, was Schönes essen, ein kühles Bier bestellen, nach Bekannten schauen.

Aber so geht das für mich gar nicht. Eine krächzende, aber unüberhörbare Stimme in mir diktiert mir etwas anderes in den Schädel, das hört sich wieder an wie der schon zitierte Satz: „Erst die Arbeit, dann das Vergnügen. Was du heute kannst besorgen, das verschiebe nicht auf morgen." Anders gesagt: Jetzt ist erst mal Arbeit dran. Erst einmal muss ich den Platz ablaufen um den besten Standplatz für die Nacht zu finden, genauer gesagt, den bestmöglichen, eh wir uns dann vielleicht in den nächsten Tagen einen noch besseren Platz ergattern können und irgendwann den besten, mit Blick aufs Meer, einen Platz möglichst auf geradem Gelände, nicht zu eng, damit wir uns ausbreiten und die Hängematte aufspannen können, auch etwas schattig soll er sein, so dass das Hubdach morgens nicht in der prallen Sonne steht, damit deine Schlafkoje nicht zum Brutkasten wird und du so lange schlafen kannst, wie du möchtest, aber auch nicht zu viel Schatten, damit die Sonne uns ausreichend wärmen kann.

Irgendwie hat meine innere Stimme schon recht. Erst für das Drum und Dran zu sorgen, ist vernünftig. Diese Reihenfolge bewährt sich. Deshalb ist dein Widerstand auch nur mäßig. Aber etwas stimmt auch nicht, wenn die Vernunft die Lust erschlägt. Ich spüre es selbst.

Wohl oder übel lässt du dich darauf ein. Wir einigen uns auf einen halbwegs passablen Platz, stellen das Wohnmobil ins Lot, damit wir nachts nicht aus dem Bett rollen, und dann, während du mit mäßiger Begeisterung die nötigen Aufgaben im Camper angehst, unsere Betten baust, den Camper einrichtest und das Abendessen vorbereitest, spule ich draußen das nötige Camper-Programm ab: für den Strom-Anschluss sorgen, den Platz von Steinen freiräumen, die Matten auf den Sitzplatz auslegen, die Markise ausfahren, Tisch, Stühle, Liegen und Beistelltisch aufbauen, die Wäscheleine spannen, für die Außenbeleuchtung sorgen und schließlich auch noch das mehrteilige Hängematten-Gerüst für die Nacht aufbauen, weil ich nachts gern draußen schlafe. Wenn alles getan ist, ist es womöglich für den Sprung ins Meer zu spät.

So beginnt unser Urlaub. Ich kenne das von mir. Solange noch etwas zu tun ist, muss es getan werden. So lange stehe ich unter Spannung. Erst nach getaner Arbeit darf ich ins Meer tauchen. Du lässt es dir nicht nehmen und steigst auch noch im Dunkeln ins Meer. Das finde ich blöd. Und gefährlich. Und zu kalt. Aber auch beneidenswert.
Anders gesagt: Das Ankommen ist für mich nicht so problemfrei, wie es aussieht. Das Ankommen braucht für mich Zeit. Ich muss immer erst alles regeln. Auch noch in den nächsten Tagen. Und ich glaube, das gilt im Grunde für jede

Reise, nein, sogar für alles, was ich tue. Das Campen macht es nur deutlicher.

Im Urlaub, und vielleicht darf man das ja auch ausweiten: *im Leben anzukommen* ist ein großes Thema. Wann bin ich angekommen? Ich könnte auch fragen: Wie viel Pflicht, wie viel Lust braucht das Leben? Wann ist das eine, wann das andere angesagt?

Wenn wir nach langer Fahrt auf dem Platz eingetroffen sind, sind wir erst einmal nur äußerlich da. Die Anstrengungen der vergangenen Tage, die vielen Stunden hinter dem Steuer, die Frage, ob wir die Fähre noch rechtzeitig schaffen, ob wir einen Platz auf dem Campingplatz bekommen, ob alles klappt wie geplant, sitzen mir noch in den Kleidern. Aber noch mehr: der ganze Alltag steckt darin, dieses Betriebssystem, das aus Vernunft und Notwendigkeit mich in viele Fäden einspinnt. Mich auszuziehen und ins Wasser zu springen reicht nicht es abzustreifen.

Wie kommt man an? Diese Frage stellt sich nirgends klarer als im Urlaub. Äußerlich ankommen ist keine Kunst. Bis ein Mensch innerlich ankommt, bis er die Hochspannung herunterfahren kann, dauert es wesentlich länger. Sofern er es überhaupt will. Auf Knopfdruck geht das nicht. Es braucht einen anderen Blick, einen weiteren Horizont. Ach, es braucht so vieles, für das wir im Tagesgeschäft nur bedingt zugänglich sind. Zuallererst braucht es Zeit, um die fremde und eigene Drehgeschwindigkeit zu verlieren. Bis ich mich im Urlaub ausgetrudelt habe, vergehen etliche Tage, eher Wochen. So einfach kann ich aus dem Stressmodus nicht aus- und in den Lustmodus einsteigen. Erst danach beginnt für mich das eigentliche Ankommen, der Urlaub. Und erst dann merke ich langsam, was mir im Alltag alles fehlt und was ich eigentlich brauche.

Schau, darum schreibe ich dir und mir dieses Kapitel und dieses Buch. Ich möchte ankommen. Lass uns noch ein wenig zusammensetzen und darüber nachdenken.

Ankommen ist mehr als ein Irgendwohin-in-den-Urlaub-Fahren und Es-sich-Gutgehen-Lassen – und sei der Ort noch so schön. Um anzukommen, um mich zu finden, brauche ich eine innere Haltung, die meinem Leben auf eine gewisse Weise – ja, aber wie? – sein wahres Wesen – und was wäre das? – einhaucht. Da sind Fragen offen.
Jedenfalls ist mir klar: Ankommen benötigt Zeit, ist ein Prozess, ein Ruhigwerden und gleichzeitiges Sich-Öffnen, dem ich mich nur in Schritten nähern kann. Es geht für mich nicht bloß um ein Ins-Wasser-Springen, ein Sich-in-der-Sonne-Räkeln oder abends weinselig Zusammenzusitzen, sondern um ein Mich-Einlassen auf das, was ist und was kommt.
Ich glaube, darin liegt die besondere Chance dieser Wochen. Der Urlaub hilft mir und dir, innezuhalten. Dazu benötige ich äußeren Raum und innere Aufmerksamkeit. Ich glaube, vor allem benötige ich so etwas wie inneren Frieden. Den kann ich nicht mal eben herbeirufen. Ich glaube, er kommt aus dem Verweilen, wie *Goethe* sagt.

Ich denke, du kannst dem zustimmen, aber erlebst es teilweise doch sehr anders. Es geht darum, sich selbst zu finden, ja. Aber während ich mich eher im Rückzug finde, blühst du in der Begegnung auf. Äußere Anregungen, Erlebnisse, andere Menschen entfachen deine Lebensgeister.
Ich schirme mich ab, igele mich manchmal ein. Nur so kann ich auf das achten, was ich eigentlich suche. Ich habe das Gefühl, ich brächte mich um diese Erfahrung, wenn ich zu viel erleben wollte, zu viele Außenreize suchte. Ich sehe, wie manche fortwährend mit ihrem Smartphone oder Tablet beschäftigt sind, und frage mich: Wo sind sie? Die Geräte
suggerieren dir, aktiv, verbunden und im Bild zu sein. Sie füllen die Urlaubsleere, wenn plötzlich nichts zu tun ist.

Ich setze dagegen: Das innere Ankommen braucht genau diese Leere. Es ist nach meiner Überzeugung ein subtiler Vorgang, bei dem man sich dem öffnet, was ist, nicht, was sein soll oder sein könnte. Im Urlaub, wenn die äußeren Pflichten für eine Weile in den Hintergrund treten, sind wir offener dafür. Aber wie gut täte es, wenn wir uns auch im Alltag immer wieder solche Momente, solche Ruhezonen gönnten, die uns aufschließen für das, was ist.
Ich weiß, sich zurückzuziehen ist zweischneidig. Es geht überhaupt nur zeitweilig oder arbeitsteilig wie in der Mönchskultur. Jeder Rückzug, der in die Klausur und Einkehr ebenso wie der in die Krankheit oder die Sucht, die fromme Gebets-Versenkung ebenso wie das esoterische

Entschwirren in eine innere oder kosmische Welt, benötigt andere, die für einen sorgen.

Einen Rückzug aus der realen scheußlichen Welt gibt es nicht. Deshalb ist Innehalten mein Zielwort. Ich öffne meine Sinne. Ich höre und schaue hin. Ich sinne den Dingen nach, lasse sie an mich heran und gehe ihnen auf den Grund. Ich bringe mich in Resonanz, wie *Hartmut Rosa* sagt. Dazu muss ich mich in einem gewissen Umfang auch abschirmen gegenüber Störquellen, die mich mit ihren eigenen Texten und Bildern gefangen nehmen. Aber ich fliehe nicht, sondern setze mich in Bezug. Nicht Weltflucht oder Weltverneinung ist meine Antwort auf Hektik, Stress, und Arbeitsdruck, auf Leistungserwartungen und Verpflichtungen; sondern im Gegenteil: Weltverstehen. Indem ich mich einlasse und dem nachspüre, was das, was mich umgibt, mit mir, den anderen, der Natur macht. Nirgendwo habe ich bessere Gelegenheit dazu als im Urlaub.

Wenn ich mir überlege, wo und wie das in meinem Leben sichtbar und konkret wird, stoße ich auf einen Konflikt, der mein und sicher auch dein Leben und das vieler andere durchzieht: mein persönliches Verhältnis von *Pflicht und Lust.*

Die beiden betrachtet man üblicherweise als Antipoden. Es ist überhaupt keine Frage, wer da die Oberhand besitzt. Der Pflicht-Lust-Gegensatz durchzieht unsern und auch meinen gesamten Alltag, nicht bloß die berufliche Seite des Lebens, sondern auch die häusliche oder die Kontakte nach außen. Die Pflicht diktiert, wie wir die Dinge angehen, wie wir unsere Aufgaben bewältigen, wie wir uns innerlich sortieren, worüber wir nachdenken, was unsere Träume beherrscht. Denn der Pflichtenmensch meistert das Leben.

Wenn ein Mensch zu sehr seiner Lust folgt, halten wir ihn für egoistisch, hedonistisch, unreif, nicht erwachsen, kindisch geblieben. Dann hat er nach allgemeiner Überzeugung nicht gelernt, Verantwortung zu übernehmen und für sein Leben zu sorgen. Die gesamte Erziehung ist darauf gebaut. Der Lustmensch, bekommen wir beigebracht, scheitert im Leben.

Das Pflicht-Lust-Thema ist aber in Wirklichkeit vielschichtig. Ich halte es mit *Epikur*. Er hatte, oft missverstanden, eine ganz andere Definition von Lust. Lust ist nicht verantwortungsloses Drauflosleben, nicht purer Hedonismus, nicht unentwegt Spaß haben. Lust ist dadurch gekennzeichnet, dass der Körper die Seele mitnimmt.

Wie nehme ich die Seele mit? Das fröhliche Wort vom Baumelnlassen der Seele im Urlaub ist hübsch formuliert. Aber so leicht lasse ich meine Seele nicht aus den Fängen. Von Kindheit an habe ich die Pflicht gelernt und die Lust verlernt. Pflichtbewusst sein und Verantwortung tragen galt und gilt geradezu als das Gesamtziel des Erwachsenwerdens.

Die Seele mitnehmen, in Resonanz leben, das sind für mich andere Worte für ankommen; eine stets neue Herausforderung; ein Lebenskompass, der anzeigt, wohin es gehen kann und muss, damit ich mich nicht selbst verliere. Im Urlaub habe ich und haben wir die Chance, Schritte in die richtige Richtung zu tun. Lass uns weiter nach Ideen suchen.

Und ich mache mir Mut. Schon vor etlichen Jahren haben wir eine Vereinbarung getroffen. Der lange Sommerurlaub, waren wir uns einig, soll (anders als Erkundungsfahrten oder Studienreisen, die wir auch gern unternehmen) ausschließlich diesem Ziel dienen: die Seele mitzunehmen, uns etwas Gutes zu tun, uns zu erholen, Seele und Körper in Einklang zu bringen und alles, was wir unternehmen, aus Lust und Liebe zu tun. Das war ein gutes Versprechen. Ein Ansporn.

Ich habe mit mir selbst noch eine weitere Verabredung: Wenn ich in den Sommerurlaub fahre, vergesse ich alles, was ich zu Hause zurücklasse, meine Arbeit, alle Pflichten. Ich bin einfach mal weg. Ich räume Kopf und Seele frei, ich denke auch nicht an das, was mich erwartet, wenn ich zurückkomme. Nur noch Urlaub ist mein Thema. Zeit nur für mich.

Deshalb habe ich auch gar keine Lust, Postkarten zu schreiben oder per Telefon oder SMS oder Emails Kontakt zu halten. Ich bin heilfroh, dass ich, was mich sonst beschäftigt, nicht ansehen muss, keine Emails beantworten, keine Post durchsehen, keinen Anrufbeantworter abhören, keine Telefonate führen. Ich bin einfach nur weg.

Anders du. Du lebst mit deinen Kontakten und Verbindungen. Und ich glaube auch, du lebst zu einem wesentlichen Teil *von* ihnen. Du bleibst immer vernetzt. Deshalb willst du auch täglich, oft stündlich deine Emails checken. Stundenlang schreibst du Antworten, rufst an oder lässt dich anrufen. Dich beschwingt es, wenn du mittendrin bist, wenn eine Anregung der nächsten folgt. Für mich wäre das nichts.

Ich frage mich, ob es mehrere Weisen des Ankommens gibt. Vielleicht ist dein Bedürfnis, in Beziehung zu sein, weniger ein Ausdruck von Pflicht und Leistung als bei mir. Für mich fühlt es sich an wie ein Von-außen-bestimmt-Sein. Ich glaube, das ist auch für dich eine Gratwanderung. So wie bei mir der Rückzug. Wenn du auf diese Weise Verbindung hältst, ist der Schritt zum Getriebenwerden kurz. Dann führt es von dir weg. Wenn ich mich abschotte, ist der Schritt zum bequemen Trägesein nicht groß.

Ankommen. Ankommen bei mir selbst. Ankommen bei dem, was ist. Die Seele mitnehmen. Das bleibt mein und vielleicht auch dein Thema.

Noch immer, stelle ich mir vor, sitzen wir im Gespräch vertieft nebeneinander im Schatten unserer Pinie, schauen aufs Meer, lassen unsere Gedanken treiben, bis sie sich irgendwo hinterm Meer ausgelaufen haben. Lange sitzen wir noch da und schauen und lauschen und schweigen.

Ein Kraftplatz

Camper sind immer auf der Suche nach einem schönen
Platz, nein, nach dem noch schöneren, ach, was sage ich,
nach dem schönsten. Darum kreisen viele Gespräche mit
Zeltnachbarn: „Da musst du unbedingt mal hinfahren...!"
Wir haben unsern Platz gefunden.
Es ist kein Geheimnis: Wir sind in diesen Platz auf der dal-
matischen Insel Hvar verliebt. Es ist der richtige Platz für
uns. Zwar machen wir auch andere Reisen, aber seit etlichen Jahren zieht es uns immer wieder zu diesem Ort.
Niemals habe ich mir das vorstellen können, dass wir, was
unseren Sommerurlaub betrifft, in so eklatanter Weise im-
mobil werden könnten. Wo wir doch ein Reise-Mobil haben.
Aber wir haben für unsere Liebe starke Gründe – wenn die
Liebe denn überhaupt Gründe braucht. Sich zu verlieben, ist
meist ein spontanes Ja und anschließend ein langer Prozess
der Erkenntnis. Erst hinterher merkt man, wo man gelandet
ist. Erst im Nachhinein lernt man sich selbst verstehen, wie
Kierkegaard sagt. Dabei gibt es das Phänomen des bösen
Erwachens. Du schlägst die Augen auf und fragst dich, wie
du da hineingeraten konntest. Und, zum Glück, gibt es auch,
vielleicht nicht ganz so oft, die Erfahrung, dass Träume auch
wahr werden können. Was dieses Stückchen Erde betrifft,
zu dem es uns immer wieder zieht, sind wir, wenn wir die
Augen öffnen, jedes Mal neu hingerissen.

Hier finden wir alles, was uns einen Urlaub zum Sehnsuchtsort macht, und das will ich hier alles der Reihe nach
aufzählen: einen immer-blauen Himmel, dazu die licht-
durchflutete Helligkeit des Südens, eine verlässliche trockene Sommerhitze, die von seltenen Gewittertagen nur
kurz unterbrochen wird, gerade an der Grenze zwischen
wunderbar und zu viel, ein dauerhaftes Hochsommerwetter
über 30 Grad, mit Badetemperaturen zum unbegrenzten
Wasservergnügen, mit warmen Abenden und lauen Nächten
zum leichtbekleideten Draußensitzen. Das Ambiente ist wie
gemalt. Zelte und Wohnmobile stehen verstreut unter im-
mergrünen alten Kiefern auf den ansteigenden Terrassen
einer geschützten Felsenbucht. Jederzeit, selbst nachts,
kannst du hier baden gehen. Die Zikaden schreien wie sie
sollen. Das Meer brandet vorschriftsmäßig an die Felsen.
Ein leichter Seewind fächelt dir den Schweiß vom Gesicht.
Und der nächste Ort ist ein Kleinod, zu Fuß keine halbe
Stunde entfernt.

Unser Platz liegt, ein Geheimtipp für Urlaubssucher, auf der
Insel Hvar, an der flacheren Nordseite. Nur umständlich ist
er mit der Fähre zu erreichen. Von Deutschland aus braucht
man zwei Tage, um hinzukommen. Das hält die Hochge-
schwindigkeitsurlauber ab. Hier läuft alles ruhig ab. Es ist
ein von der Ortsgemeinde betriebener, eher kleiner Zwei-
Sterne-Platz ohne Sonderangebote wie Disco, Sport- und
Spielplätze, Surf- oder Bootsverleih und ohne Animation;
nichts für Partyhungrige und Ballermänner. Hierhin verir-
ren sich nur die Liebhaber. Vergeblich bemüht man sich um

den dritten Stern. Zum Glück. Das hält die Massentouristen fern und die Preise niedrig.

Die Hauptattraktion dieses Platzes erkannten wir nicht gleich, aber wir haben sie von Mal zu Mal mehr schätzen gelernt. Es ist ein Nudistenplatz, und zwar einer von der angenehmen Sorte, ohne dogmatische Allüren, ohne Zwang sich ausziehen zu müssen. Wir haben das textilfreie Herumlaufen und Ins-Meer-Springen wiederentdeckt. Es ist wundervoll. Die Zahl der Körperdarsteller, der Tätowierten, Gepiercten und Beringten hält sich in Grenzen, auch die der am Strand liegenden Sonnenbader. Es ist ein Ort für Pärchen, Familien und Rentner. Die Familien mit kleinen Kindern bevölkern die oberen Reihen des Platzes mit ihren Großraumzelten. Unten stehen die Camper mit ihren Wohnmobilen. Eine kleine Kiesbucht bietet Flachwasser für Kinder. Allerdings, es muss gesagt werden, fallen manchmal die Italiener ein. Sie reden alle auf einmal, anhaltend und unüberhörbar. Bestimmte Slowenen- und Polengruppen stehen ihnen nicht viel nach. Aber irgendwann sind sie dann wieder weg, wenn ihre Ferien zu Ende gehen. Und es gibt auch etliche geschützte Ecken auf dem Platz. Da stehen dann die für Jugendliche langweiligen ruhigen Rentner-Paare.

Die Bucht wird umrahmt von einer Felsküste. Die Mutigen springen von den teils schroff, teils langsam abfallenden Steinplatten ins Wasser, die Vorsichtigen und Älteren über einen Leiter-Einstieg. Früher bin ich gesprungen. Vom Meer selber kann ich nur in höchsten Tönen schwärmen: Es ist glasklar bis auf den Grund, soweit man blicken kann, postkartenmäßig grün-blau, ohne jede Veralgung, ohne Müll, ohne Plastik, ohne Schwemm- und Treibgut. Dafür wird offenbar in den Wintermonaten gesorgt. Und es ist warm. Eine ideale Strömung sorgt offenbar auch dafür. Es ist ein Genuss, sich darin zu tummeln.

Der Platz selbst steigt in Stufen aus der Bucht; der Obere kann über den Unteren hinwegsehen. Von den unteren, begehrteren Plätzen hat man die beste Sicht aufs Meer. Einige Plätze liegen fast eben, die meisten fallen ein wenig in Richtung Meer ab. Direkt am Strand stehen nur wenige Bäume; da finden die Sonnenanbeter ihre Plätze. Wer Schatten wünscht, stellt sich weiter nach oben. Die Anlage ist überschaubar. Eine Ringstraße, von der nur wenige kleine Seitenwege abzweigen, erschließt sie. Sie ist durch viele Mäuerchen gegliedert, aber größtenteils nicht parzelliert. Man kann sich hinstellen, wo Platz ist. Es gibt so gut wie keine Reglementierungen. Hunde und Katzen sind auch mit von der Partie.

Einfache, allerdings gut gewartete und sauber gehaltene Wasch- und Duschgelegenheiten runden das Bild. Einzelkabinen gibt es nicht. Männlein und Weiblein werden nicht getrennt. Man begegnet sich als Adam und Eva, ohne Feigenblätter. Und noch eine nur scheinbare Kleinigkeit ist erwähnenswert. Die Toiletten haben immer ausreichend Papier.

Und dann gibt es noch ein Platzrestaurant. Verglichen mit anderen Lokalen der Insel bietet es ordentliches Essen, und preiswert ist es auch. Jeden Tag wird ein günstiges Menu angeboten. Dienstags gibt es meistens Fisch, das ist dein

Tag, freitags Lammspieß, sonntags Spanferkel vom Spieß, das sind meine Gerichte. Mit der leutseligen, ausreichend deutsch sprechenden Bedienung kommt man gut ins Gespräch. Vor zwei Jahren wurde zusätzlich eine Bude aufgestellt, in der man Eis, wirklich leckere Smoothies und kalte Drinks bekommen kann. Und gleich daneben gibt's noch einen ausreichend sortierten Einkaufsladen, der außer dem Üblichen täglich frisches Brot und Backwaren sowie Frischmilch und das nötigste Obst und Gemüse bereithält. Reservierungen gibt es auf diesem Platz nicht. Das finde ich angenehm. Man stellt sich hin, wo es gerade geht. Die guten Plätze sind natürlich schnell belegt. Reist man wie wir frühestens Mitte Juli an, muss man sich hochdienen. So war das bei uns immer. Dazu muss man natürlich auf dem Quivive sein, wenn Leute abreisen und ein Platz frei wird. Irgendwann landen wir dann auf einem optimalen Platz. Seit wir ein Gestell für die Hängematte dabeihaben, sind wir auf Bäume nicht mehr angewiesen und haben eine viel größere Auswahl. Mit dem Camper umzuziehen, ist kein Akt. Länger als anderthalb Stunden haben wir dafür nie gebraucht. Dann stand alles wieder an seinem guten Platz.
Wir haben ein bestimmtes Areal, in dem wir gerne stehen, dafür kommen etwa ein gutes Dutzend Plätze in Frage. Es sind die strandnahen Plätze weiter unten, mit Blick aufs Meer, allerdings nur die unter Bäumen, denn den ganzen Tag in der prallen Sonne zu stehen, wird schnell unerträglich. Bevorzugt stehen wir gern an der Begrenzungsmauer zum anschließenden Wald. Allerdings, wenn die Bora auf-

kommt, pfeift sie uns hier unten ganz anders um die Ohren als weiter oben hinter den Bäumen.

Und schließlich hat es uns auch das Umland angetan. Nebenan liegt Vrboska, ein hübscher, ursprünglicher Ort in der nächsten Bucht, man läuft zu Fuß in gut zwanzig Minuten hin, mit dem Fahrrad geht's in 5 Minuten. Die Krone der Gegend ist ohne Frage das kleine Städtchen Jelsa, ein paar Kilometer weiter in der nächsten Bucht, ein Schmuckstück, malerisch, ursprünglich belassen, gut in Schuss. Hier und in den umliegenden Orten finden in den Urlaubsmonaten viele Veranstaltungen statt, vorwiegend im Freien. Mit dem Fahrrad ist man in weniger als zwanzig Minuten in Jelsa, die Strecke führt unter Bäumen direkt an der Küste entlang. Wir sind sie inzwischen viele Male gefahren, und jedes Mal finde ich sie wieder zum Verlieben schön. Überhaupt kann man diesen Teil der Insel sehr gut per Fahrrad erfahren. Für uns mit unseren E-Bikes sind alle Strecken gut zu bewältigen. Daneben gibt es auch viele Schotterpisten, die sind anstrengend für die Arme, die Hintern und die Reifen. Starigrad, der zweitgrößte Ort der Insel, ist in einer knappen Dreiviertelstunde erreichbar, auch Hvar ist noch in Reichweite; es sind vielleicht 40 Kilometer über das Gebirge. Etliche malerische Dörfchen der Umgebung laden zum Ausflug ein. Einige Ausgrabungsstätten liegen in der Ebene Richtung Starigrad. Auf dem Gebirge weiter südostwärts stößt man auf ein sehenswertes, gut erhaltenes spätmittelalterliches Dorf. Der Verkehr auf den Straßen hält sich in Grenzen. Hvar ist eine grüne Insel. Es werden vor allem Wein und Oliven und Lavendel angebaut, dazu etwas Gemüse und Obstbäume. In fast jedem Ort trifft man auf nette Konobas, Ortsgasthäuser, in denen man gut essen und Wein trinken kann und immer ein frisches Bier bekommt.

Wenn einer diesen Ort nicht mag, dann kann ich ihm auch nicht helfen. Oder vielleicht muss er dann erst mobiler Rentner werden. Jedenfalls gibt es viele, die hier Jahr für Jahr herkommen, manche schon über ein Dutzend Mal und mehr. Ein paar kleine Mängel, wenn man denn die Elle der Perfektion anlegen möchte, hat der Platz natürlich schon, und ich will mir nicht nachsagen lassen, ich wäre reiner Hofberichterstatter.

Manche vermissen, dass das Ufer keinen Sandstrand besitzt. Ich vermisse ihn nicht. Ich lege mich nicht an den Strand in die Sonne. Ich gehe schwimmen.
Der Zugang zum Leitereinstieg ins Wasser (wenn man denn nicht von den Felsen springen möchte) führt über raue Steine und etwas Rau-Beton, auf dem nur Menschen mit Lederfußsohlen barfuß laufen können.
Die Standplätze, vor allem im strandnäheren Teil, sind eher steinig und staubig, einige auch leicht abschüssig und ohne Schatten. Aber vielen Campern macht das nichts. Sie suchen die Sonne und den freien Blick aufs Meer.
Und schließlich: Der sich nach Nordwesten ersteckende Küstenhöhenzug versperrt uns den Sonnenuntergang. Das ist wirklich ein Manko. Wie die Sonne bei Capri im Meer versinkt, können wir nicht sehen.

Auf diesem Platz sind wir gern. Es ist ein Ort, der es gut mit uns meint. Der uns inspiriert. Der uns konzentriert und zu uns führt. Es ist unser persönliches Inselparadies. Für uns beinahe ein magischer Ort. Ein Ort, der unsere Phantasie beflügelt und uns schon lange vorher ins Träumen bringt. Ein Kraftort. Hier tanken wir Leben. Obgleich wir nun bereits ein halbes Dutzend Mal und jeweils viele Wochen hintereinander hier verbracht haben, hat er seinen Reiz nicht eingebüßt. Im Gegenteil. Vielleicht ist das ein Kennzeichen der Liebe. Wir entdecken immer wieder Neues, auf dem Platz, auf der Insel und aneinander.

Der Atem der Natur

Campen ist nicht jedermanns Sache. Es hat beschwerliche Seiten. Mancher lässt sich im Urlaub lieber im Hotel das Bett richten und bekochen. Für mich ist es wunderbar. Vermutlich stammt der Hang dazu noch aus der Jäger- und Sammlerzeit. Wie gut, dass du das Zelten genauso magst wie ich. Immer haben wir gern gecampt. Wir haben es aus unserer jugendbewegten Zeit mitgenommen. Ich ziehe das Campen jeder festen Unterkunft vor. Den ganzen Tag kann ich im Freien verbringen. Ich genieße die frische Luft, Wind und Wetter, die Natur mit ihren Geräuschen, ich genieße den offenen Raum um mich, ich genieße auch die Unbequemlichkeiten einer Tagesgestaltung, die viele kleine Gänge und Aufgaben von mir verlangen und mich auf Trapp halten: etwa dass wir kein fließend Wasser haben, es sei denn, wir tragen es heran, dass es zum Abwasch keine Spülmaschine gibt, dass wir nur einfachere Geräte dabei haben, gerade mal einen Wasserkocher. Und zur Toilette muss man erst mal ein Stück laufen. Das alles liebe ich, auch wenn's manchmal pressiert. Es erinnert mich an die einfachen Jahre meiner Kindheit.
Campingurlaub bedeutet aussteigen und anders leben. Einfacher werden. Das zeigt bei mir Wirkung. Ich werde fit. Üblicherweise nehme ich im Urlaub ab. Campen verjüngt mich. Ich gewinne Jahre, ich verlängere meine Lebenszeit. Campen macht auch einfallsreich.

Natürlich kann man auch als Camper blöde am Strand rum-
liegen und sonst nichts tun außer Kreuzworträtsel lösen,
essen gehen und sich abends den Kopf zusaufen. Natürlich
machen das manche. Aber unter den FKK-Campern sind das
eher Ausnahmen. Die Mehrzahl hat Räder dabei und macht
Ausflüge. Manche nehmen ein Boot oder ein Paddelbrett
mit. Das Campen lädt dazu ein, sich auf den Weg zu machen.
Das hält frisch.
Beim Campen kommt mir die Natur nah. Seit meiner Kindheit ist mir die Natur vertraut. Ich bin kein Stadtmensch. Ich
brauche die Nähe zur Natur, zu Feld, Wald und Wiese. Für
mich ist die Natur der beste Ort, mich zu finden. In der Natur fühle ich mich zuhause. Und die Natur nimmt mich mit
ins Weite.
Oft habe ich in meinen Urlaubstagebüchern darüber geschrieben, etwa im Urlaub 2016:

„Es geht auf den Abend zu. Nach dem Essen haben wir uns
noch ein Glas Wein eingeschenkt. Wir haben die hochlehni-
gen Stühle nebeneinandergestellt und schauen aufs Meer,
ohne Worte. So dicht an der Natur zu sein, geht tief in mich.
Vor uns dehnt sich das leicht bewegte Meer. Über uns der
Abendhimmel. Tagelang hat kein Wölkchen den Himmel
getrübt. Auch heute war wieder so ein Bilderbuchtag. Der
Tag verabschiedet sich farbenfroh. Man kann sich das nicht
über sehen.
Doch dann, gerade als die Sonne hinter den Bergen ab-
taucht, kommen plötzlich Wolken auf und es beginnt mit
einem rasanten Tempo von Westen her zuzuziehen. Kaum

eine halbe Stunde später haben Wolken den Himmel schon
weitgehend zugeschoben. Hier geht das oft ganz schnell.
Immer dichter und dunkler ballen sie sich zusammen, die
Zeichen stehen auf Gewitter. Das könnte heftig werden. Ein
Wind kommt auf und geht durch die Kiefern. Noch sitzen
wir und schauen fasziniert zu, aber bald müssen wir unsern
Platz regensicher machen. Doch dann, wieder überraschend, überlegt das Gewitter sich's anders und wechselt
ein wenig die Richtung. Es hat uns mal die Instrumente ge-
zeigt, aber lässt uns für heute ungeschoren. Bald reißt der
Wind Löcher in die Wolken, ein Rest Abendblässe scheint
hindurch, die freien Felder vergrößern sich, Sturm und Regen suchen sich woanders ein Ziel. Bald ist das Firmament
wieder frei, der Wind legt sich, es kehrt Ruhe ein. Wir sitzen
noch immer und schauen, sind gefangen von der heraufziehenden Nacht, am Himmel ebenso wie auf dem Wasser.
Himmel und Erde, Wind und Wetter spielen miteinander,
kämpfen, jagen sich, versöhnen sich.
Der Tag verabschiedet sich endgültig und macht einem tiefen Dunkel Platz. Eine reingefegte Luft lässt die Straßenla-
ternen von der Nachbarinsel Brač und den 30 oder 40 Kilometer entfernten Ortschaften des Festlands herüber-
leuchten. Fischerkähne tuckern aufs Meer, wir schauen dem
Blinken ihrer Positionslampen zu. Angeblich beißen die Fische gut nach Gewittern. Im Nachtdunkel werden auch die
Geräusche der Natur intensiver, wir hören das Meer, wie es
unten am Ufer an die Felsen stößt. Die Pinien wiegen sich
sachte im restlichen Wind, aus den Ästen rieseln alte Nadeln und kitzeln uns. Eine sommerwarme Luft streicht um

uns, die Erde strahlt Tageshitze zurück. Ohne Ende kann ich hier mit dir sitzen und schauen und lauschen und mich mitnehmen lassen."

Im Freien zu leben, hat eine eigene Kraft. Ich bekomme mehr vom Leben mit. Ich höre die Geräusche der Natur, ich rieche ihre Gerüche, ich spüre ihre Bewegungen auf der Haut. Ich sehe, was alles kriecht und fliegt. Ich fühle mich eingebettet, als Teil des Großen Ganzen.
Beim Campen setzen wir uns der Natur aus. Zugegeben, wir sind geschützt. Es ist ein ungefährliches, von einer Mauer umfasstes Stück Natur, auf dem wir hier stehen. Es gibt Waschhäuser, ein Restaurant, beleuchtete Wege. Wir nutzen die Infrastruktur des Platzes, campen nicht in freier Natur – was ja auch aus guten Gründen fast überall untersagt ist. Die wilde Natur ist uns nicht mehr zugänglich. Den wirklich gefährlichen Teil erleben wir nicht. Trotzdem: Wir rücken ihr ein Stück nah. Wir lassen Wind und Wetter, Sonne und Regen, Hitze und Kälte dichter an uns.

Für mich ist das Campen ein Aufbruch zu einem einfacheren und natürlicheren Leben, das wir uns normalerweise viel weiter vom Leibe halten. Gut, zu Hause haben wir den Wald nebenan. Wir gehen oft spazieren. Wir haben außerdem einen Garten und eine Terrasse. Ich schlafe auch zu Hause immer mal wieder eine Zeitlang draußen im Freien, auf meiner Terrasse im Liegestuhl. Aber die meiste Zeit verbringe ich im Haus. Beim Campen kehrt sich das um.

Wenn ich zu Hause mal in der Hängematte liege oder auf
der Liege, überschatten mich die ausladenden Äste unserer
Buche. Das ist wie ein Nachgeschmack des Urlaubs. Ich mache das nicht oft. Das Wetter einerseits, meine täglichen
Aufgaben andererseits machen es zur Ausnahme. Im Urlaub
lege ich mich immer wieder in die Matte. Viele haben hier
Hängematten aufgehängt. Für mich ist das ein Synonym für
freies Campen. So habe ich es ins Tagebuch getragen:
„Ich liege mitten in der Natur, lasse mich schaukeln, blicke
ins verzweigte Geäst der großen Kiefer über mir und halte
mit ihr ein Schwätzchen. Ich sehe, wie der Wind in den
Zweigen spielt und die Sonne durch die Lücken steigt, wie
sich die alten Zapfen als dunkle Tupfer zwischen dem Grün
der Nadeln verteilen, ich sehe, wie die Spatzen und die Tau-
ben ein- und ausfliegen und sich manchmal aufgeregt und
unüberhörbar irgendwas zu erzählen haben. Vielleicht
streiten sie auch. Warum sollte es das unter Tieren nicht
geben? Es ist ein unermüdliches, nie langweilig werdendes
Schauspiel.“

Deshalb schlafe ich in den Ferien draußen. Ich will den
Wind, die freie Luft, die Gerüche und Geräusche der Natur
an mich lassen. Ich fühle mich als Teil der Natur, aufgeho-
ben im Schoß dessen, was uns umgibt.

Mag sein, dass die Kultur die eigentliche Errungenschaft der
Menschheit ist. Aber ist sie ohne Rückbindung an die Natur,
wählt sie Formen und Farben, Geräusche, die der Natur
fremd sind, dann tut sie dem Betrachter weh, und dann

kommt sie mir wie heimatlos vor, wie ohne Bindung, im unangenehmen Sinne künstlich. Dann fehlt ihr die Seele. So erlebe ich es.

Mancher, der die Städte liebt, sich tagtäglich in der virtuellen Internetwelt aufhält, der sich in designten Möbeln und gestylten Klamotten wohlfühlt, mag das als spießig empfinden. Ich bin kein Mensch der Hotels, der fertigen Lebensräume. Kein einziges Mal, wann immer ich, zum Beispiel auf Studienreisen, auf Tagungen oder bei Koffer-Urlauben in gemieteten Unterkünften zubrachte, habe ich mich ähnlich wohlgefühlt wie beim Campen. Ich gehöre in die Natur. Seit meiner Kindheit auf dem Dorf ist sie mir vertraut. Ich liebe das Offene, Freie. Darum ist das Campen für mich das Herzstück meines Urlaubs. Und ein Glück, dass wir darin gleichklingen.

Wenn wir uns so ins Freie begeben, wird das Leben interessanter, vielleicht auch riskanter. Man kann nicht alles vorherplanen. Es kann auch schieflaufen. Das Campen ist immer für Überraschungen gut. Du weißt zum Beispiel nie, wer sich neben dich stellt. Da hat man etwa einen wunderschönen Platz gefunden, mit ebenem Boden, groß genug, schattig, mit bestem Blick aufs Meer. Und dann stellt sich so ein Dusselkopf mit seinem Riesenwohnwagen genau in dein Sichtfeld. Oder, was noch schlimmer ist, eine italienische Familie zieht in die Nachbarschaft. Da kannst du nichts machen. Die Nachbarn und die Verwandtschaft muss man als Schicksal hinnehmen. Zu Hause und ebenso hier. Man muss sich arrangieren. Im Blick auf Kontakte und nachbarschaftliches Zusammenleben ist das Campen ein unerschöpfliches Lernfeld. Darauf komme ich später zurück.

Immer mal wieder sind Begegnungen weniger gelungen. Oft brechen Camper sehr früh auf, schon gegen 5 Uhr, weil sie noch die Früh-Fähre bekommen wollen. Manche machen das überaus rücksichtsvoll, packen abends alle Sachen und du hörst gar nichts, wenn sie morgens abfahren. Andere sind völlig dickbräsig, rufen sich laut etwas zu, schlagen die Autotüren zwanzigmal zu, bis selbst der letzte Tiefschläfer aufrecht im Bett steht. Solche hatten wir auch schon. Leidvoll erinnere ich mich an die Polentruppe. Sie hatten sich in mehreren Zelten in der Nachbarschaft ausgebreitet. Abends kamen sie immer richtig in Gang. Es waren mindestens ein Dutzend Menschen. Der Wodka kreiste, die Lachsalven auch. Am ersten Abend haben wir nichts gesagt, sind halt lange aufgeblieben. Es ging meist bis 2 Uhr. Ich habe dann an meinem Buch geschrieben. Du hast es mit Ohrenstöpsel und Kopfkissen versucht. Am zweiten Abend haben wir viel Wein getrunken. Am dritten Abend bin ich hingegangen, habe um etwas Dämpfung gebeten. Sie haben mich stattdessen eingeladen und mir was zu trinken angeboten. Es wäre nun mal so, sie hätten nur einmal Urlaub. Ich hatte wohl schon zu viel Groll angesammelt, wollte nicht. Also habe ich wieder geschrieben. Du hast dich noch stärker verstöpselt. Es war grenzwertig. Dann fanden wir einen anderen Platz.

Ab und an gab es mal eine richtig unangenehme Begegnung.
Die Geschichte von dem Mann mit Hund gehört dazu.
Ich erzähle sie aus meinem Tagebuch:
„Ein Hund streunt in der Nacht frei über den Platz. Ich habe
ihn bereits gestern Nacht gesehen, ein hübsches Tier, mit-
telgroß, offenbar gut versorgt, braun mit weißer Schnauze
und einigen weißen Flecken am Hals und an den Pfoten. Ich
vermute, dass es derselbe Hund war, den ich auch heute
früh sah, ein friedlicher zwar, aber er besucht die Zelte und
Wohnwagen und schnuppert alles ab. Dann läuft er die
Straße entlang, kommt auch bei uns vorbei, sucht sich einen
Platz und kackt an unsere Mauerecke.

Ich möchte wissen, wem der Hund gehört, mache einen
Gang über den Platz, laufe alles ab. Kein Hund ist irgendwo
zu sehen. Auf dem Rückweg kommt mir ein Mann entgegen,
der einen Hund an der Leine führt, der genauso aussieht,
wie ich ihn gesehen habe. Ich frage ihn, ob es sein kann,
dass sein Hund in der Nacht frei herumgelaufen ist. Nein. Ob
er sicher sei. Er habe doch gesagt, nein. Der Hund, ein alpi-
ner Senn- und Spürhund, sei nicht herumgelaufen. Ich
schaue noch ein wenig fragend, da fährt er mich an, was mir
einfiele, er habe doch gesagt, der Hund sei nicht herumgelaufen. Ich sage, genau so einen hätte ich gesehen, der durch
die Zelte gelaufen sei und an unsere Ecke gekackt habe. Ob
es denn auf dem Platz noch einen zweiten dieser Art gäbe.
Nein. Ich sage, ich wollte nur herausfinden, welcher Hund
hier nachts frei herumlief und an unsere Mauer gekackt hat.
Was mir einfiele, ihn so aggressiv anzusprechen. Er kommt

mit blitzenden Augen auf mich zu. Es scheint mir, es fehlt wenig dass er mich körperlich attackiert. Der Hund bellt. „Da sehen Sie's, der Hund merkt, wie aggressiv Sie sind!" Ich denke, hoffentlich komme ich ungeschoren hier raus. Lieber sage ich nichts mehr.

Wutschnaubend zieht der Mensch mit seinem Hund ab. Warum diese massive Abwehr? frage ich mich hinterher. Dieser emotionale Ausbruch? Hätte er mir nicht auch behilflich sein können in meinen Recherchen? Wer so wild reagiert: Was wehrt der ab? Der Psychologe in mir kartet nach. Dann komme ich ins Zweifeln. Vielleicht gibt's ja doch noch einen zweiten Hund dieser Art auf dem Platz. Ich mache meine Runde zu Ende, aber fündig werde ich nicht. Weit und breit zeigt sich kein Hund, geschweige einer, der so aussähe wie der von nachts und heute früh. Da kann man nichts machen."

Man kann sich auch selbst überraschen und das Campingleben schwer machen. Da hatten wir zum Beispiel einen ganz schönen Platz unter einer ausladenden Aleppokiefer gefunden, deren Zweige teilweise bis zum Boden hingen. Ich habe einige kleinere halbtrockene Äste zurückgeschnitten, die dem Ausfahren unserer Markise im Wege standen. Das hätte ich nicht tun sollen. Es dauerte nicht lange, und die Schnittstellen fingen an zu harzen. Sie waren überhaupt nicht trocken; altersschwach wirkten sie nur nach außen hin, aber der Baum hielt sie fit. Es tropfte unaufhörlich aus den Schnittstellen. Eigentlich muss ich ja sagen: aus den Wunden des Baumes, die ich ihm zugefügt hatte. Von Mitcampern hatte ich gelegentlich gehört, man solle vorsichtig sein, wenn man sich unter Bäume stellt, sie könnten harzen. Das habe ich nicht ernst genommen und nicht weiter darauf geachtet. Jetzt rächte sich der Baum. Er stopfte überall, wo ich geschnitten hatte, seine Poren. Einen Tropfen bekam zum Beispiel mein Mousepad ab. Das habe ich erst gemerkt, nachdem ich es wie üblich aus dem zugeklappten Laptop nahm, wo ich es immer ablege, wenn ich den Laptop schließe. Das war eine mittlere Sauerei. Erst nach langen Bemühungen mit Tüchern und Lappen und Kratzhilfen bekam ich die Tastatur wieder sauber. Auch die Hängematte bekam was ab, ebenfalls meine Schlafanzughose. Da war nicht mehr viel zu machen, ich hab es zu spät gemerkt, die Tropfen waren bereits hart. Inzwischen habe ich begriffen, warum einzelne Äste unseres Baumes unansehnlich mit Plastiktüten umwickelt waren. Da haben andere schon vor uns Erfahrungen gesammelt. Wir haben es ihnen dann nachgemacht, haben den Ästen Wundverbände angelegt. Es hat uns geholfen den Baum zu respektieren.

Das natürliche Leben muss oft erst wieder gelernt werden. Manchmal steht man auf einer Ameisenstraße und bemerkt es erst, wenn die Tiere einen Weg zu den Lebensmitteln im Auto gefunden haben. Man darf keine Lebensmittel offen stehen lassen, vor allem nichts Süßes. Ich staune, mit welchen feinen Riechorganen sie ausgestattet sein müssen und wie raffiniert sie es anstellen, in den Camper zu kommen, nicht selten übrigens über die Räder. Wir hörten von anderen Campern, dass sie die Ameisen mit allerlei Tricks wie

Backpulverbarrieren oder ausgestreutem Knoblauch oder Lavendelblüten beizukommen versuchen; manche verschütten auch Essig auf ihre Laufwege. Am besten, man wechselt den Platz.

Manchmal befindet sich oben im Geäst der Bäume ein Taubentreff, dann lassen die auch mal was fallen und zeigen uns, was sie von uns halten und dass wir die Erde nicht gepachtet haben.

Draußen leben, das öffnet eine Tür zu Erfahrungen, die uns im cleanen, desinfizierten Alltag nicht mehr geläufig sind. Die meisten Tiere, mit denen wir uns beim Campen den Platz teilen, bekommen wir nicht zu Gesicht. Tagsüber sitzen sie in ihren Erdlöchern. Meist geht man achtlos drüber hin. Sie zeigen aber an, dass hier noch andere Lebewesen wohnen, Mäuse, Käfer, Spinnen und Falter, Eidechsen und Geckos, und sicher noch andere. Die Nahrungsreste der Camper locken sie an. Nachts kriechen sie nach draußen, rascheln im Gebüsch oder umschwirren die Laternen. Die meisten lassen uns in Ruhe, einige nicht. Davon ist noch zu reden.

Wer in der Natur sein Lager aufschlägt, muss sich mit ihr arrangieren. Nein, mehr: Er muss sich das Leben im Geben und Nehmen mit ihr teilen. Das geht nicht ganz ohne Reibungen. Man muss sich arrangieren, das Miteinander austarieren. Es geht nicht ohne Rücksicht. Aber es geht auch nicht ohne Liebe. Ich liebe es. Als Kind vom Land ist mir das

Natürliche ebenso wie das Kreatürliche gleichermaßen vertraut. Ich weiß, hier gehöre ich hin.

Nackt

Klimawandel hin, Schwitzen her: Das Nacktsein ist in unserer Kultur nicht besonders verbreitet. Obwohl manche davon träumen. In der Regel ist das Ablegen der Kleidung eher als intimer Akt gebräuchlich, der, wie man hört, immer noch überwiegend im Halbdunkel stattfindet. Wer sich auszieht, setzt sich den Blicken der anderen aus, jedenfalls wenn es öffentlich geschieht. Das mag nicht jeder. Zum Beispiel haben Jugendliche wenig Affinität sich nackt zu zeigen. Obwohl man, wenn man auf superkurze Hosen und bauchfreie T-Shirts schaut, bei einigen wieder Zweifel bekommt. Trotzdem gilt: FKK-Plätze sind in der Regel nicht ganz so überlaufen wie die textilpflichtigen. Willst du deine Ruhe haben, such dir also zum Campen einen Nudistenplatz.

Individuell kann man nackt zu sein als sehr angenehm erleben; für andere Betrachter ist Nacktheit erst einmal ungewohnt und veranlasst sie zu inneren Verrenkungen. Versetzen wir uns mal in die Lage eines Nudisten-Neulings. Sagen wir, man kommt das erste Mal auf einen FKK-Platz. Dann muss man so tun, als gäbe es nichts zu sehen. Dabei schaut natürlich jeder verstohlen auf das, was man sonst versteckt hält, über das man bestenfalls Vermutungen hegt: Wie sieht ein Mensch da aus, wo man ihn oder sie üblicherweise nicht anschauen kann? Wie sieht ein dicker Körper aus, wie ein dünner? Wie ein alter? Wie ein jugendlicher? Und vor allem:

ein knackiger? Ob man will oder nicht und wie angestrengt man auch *nicht* hinschaut, ein bisschen linst man schon, wenn der andere es nicht merkt.

Was verboten ist, das macht uns grade scharf. So singt es *Biermann*, und so gilt es generell. Das Nackte ist einfach hochinteressant, haben wir doch im bekleideten Zustand nur Mutmaßungen darüber.

Allerdings, wie gesagt, man darf nicht hinschauen. Und auch nicht drüber reden. Insofern schwebt (am deutlichsten kann man das bei Neuankömmlingen wahrnehmen), eine etwas angestrengte Verspanntheit über den Nackt-Begegnungen, ein bewusstes Sich-für-anderes-Interessieren. Erst nach und nach verwandelt sie sich in eine lässige, gewohnheitsmäßige Nichtbeachtung.

Ähnliches kann man in öffentlichen Saunen beobachten. Eigentlich wäre es viel besser, man würde sich gegenseitig anschauen und sich über das, was man sieht und dabei bewegt, austauschen – eben nicht peinlich den Kopf senken und so zu tun, als sähe man nichts oder als würde der Körper des anderen gar nicht interessieren. Aber so miteinander umzugehen, bedürfte besonderer Vertrautheit und eines liebevollen Respekts, wie sie vielleicht im Rahmen meiner Bondingworkshops entstehen können, wo die Teilnehmer*innen zusammen in die Sauna gehen. Es braucht Mut, sich so zu zeigen, wie man aussieht und geworden ist. In Ansätzen findet das auch auf dem Nudistengelände statt, allerdings verdeckter und unreflektierter.

Das Publikum auf textilfreien Plätzen ist sicher disparat, aber auf eine gewisse Weise auch handverlesen. Vermutlich gibt es ganz unterschiedliche Motivationen, warum Leute auf dem FKK-Platz campen wollen. Wie lange jemand auch schon zu den Nudisten zählt: da wir uns nun einmal üblicherweise nur bekleidet sehen, ist ein gewisses Maß an Neugier immer mit im Spiel.

Es wird auch Menschen geben, die deshalb auf den FKK-Platz kommen, weil sie die Nacktheit der anderen anzieht, sozusagen legale Spanner, die sich hier heimlich Augen-Abenteuer versprechen. Die hier mal nach Herzenslust Schlüssellochgucken können. Auf jedem FKK-Platz, wenn man hinsieht, ist viel zu sehen.

Da gibt es zum Beispiel Kinder verschiedenen Alters, die noch keine Scheu haben, sich nackt zu zeigen. Da gibt es junge Leute, die, wenn sich ihr Körper verändert, sich schützen möchten und nur deshalb auf einen Nudistenplatz mitkommen, weil ihre Eltern sie mitschleppen. Es gibt Frauen und Männer jeden Alters, mit knackigen und unverbrauchten ebenso wie mit ausgeaperten und abgelebten Körpern, Dünne und Dickbäuchige, Schwangere und Scheinschwangere, Blasse und Braungebrannte, Teil- und Volltätowierte und so fort. Unbekleidet siehst du Menschen, wie sie – körperlich – nun mal sind. Du siehst Magersüchtige und Adipöse, Männer mit schmalen und Frauen mit weitläufigen Hüften, welche mit ausladendem und andere mit ausgemergeltem Hintern, solche, bei denen die Rippen durchschauen und solche, deren Körper beneidenswert muskulös ist. Du siehst Männer, die markant-männliche Haare auf der Brust oder animalisch am ganzen Körper haben, du siehst welche mit Schrumpelpenis und welche mit Riesenglied, mit dichtem, schütterem oder sogar ergrautem Schamhaar. Da siehst du Frauen, die sich am ganzen Körper glattrasiert haben, nicht nur modelike unter den Achseln. Da gibt es welche mit überquellenden Körperwulsten, mit Beinen wie Sauerkrautstampfer und Watschelgang. Da sieht man alle denkbaren Formen von Frauenbrüsten, welche mit kaum erkennbarem Busen und welche, wo alles ineinander übergeht, spitze, breite, stramme, schlaffe, auseinanderhängende oder zusammendrängende; es gibt Frauen mit gebärfreudigem Becken und welche mit Kinderkörpern, Mollige und sportlich Durchtrainierte. Du siehst Körperbehinderte oder durch Krankheit Gezeichnete. Du denkst: Was es alles gibt!

Mit der Zeit begegnet einem die ganze Palette körperlich ganz unterschiedlich gebauter Menschen, eine Unterschiedlichkeit, die man sonst so nicht wahrnimmt. Bekleidet verschleifen wir die Unterschiede und machen das aus uns, was wir sein wollen. Nackt verzichten wir auf Verkleidungen und nehmen uns, wie wir sind. Immer wieder bringt mich zum Staunen, wie verschieden die Natur ihre Formen verteilt, was Menschen aus ihren Körpern gemacht haben oder was das Leben ihnen zugefügt hat. Zugegeben, nicht jeder Körper ist eine Augenweide. Aber manchmal bin ich auch neidisch und finde es ungerecht, dass manche Menschen von der Natur einfach mit einem schönen Körper ausgestattet wurden, auch wenn sie noch so blöde sind.

Aber etwas anderes beeindruckt, nein, fasziniert mich noch mehr: dass ich hier Menschen begegne und sie anschaue, so wie sie nun mal sind und geworden sind, mit dem sonst gut versteckten Hängebauch, mit den unschönen Falten am Hintern, mit den dicken Beinen und viel zu knochigen Gliedern, in Körpern, die von falscher Ernährung oder von einer Krankheit oder einfach vom Alter gezeichnet sind. Gerade wenn mir ein weniger ansehnlicher Mensch entgegenkommt, denke ich: Ja, so bist du. So zeigst du dich, so, wie du nun mal bist. Und ich denke weiter: Gut so! Es ist wie eine grundsätzliche Erlaubnis, ein Fundamentalsatz demokratischen Miteinander-Umgehens: Jeder soll und darf so sein.

Je öfter und länger ich mich auf diesem Platz unter Nackten aufgehalten habe, umso häufiger habe ich empfunden, wie stimmig, wie gesund es ist, sich so zu zeigen. Jeder zeigt sich in seiner Altersphase und seiner Lebensgeschichte, mit genau diesem Körper. In diesem Gefühl mische ich mich selbst unter die Nackten, gebe mir die Erlaubnis, mich selber auch zu zeigen. Das hat für mich etwas ungeheuer Befreiendes, Zustimmendes, Versöhnliches an sich. Wer sich auf das Nacktsein einlässt, wird, bewusst oder unbewusst, Ähnliches empfinden. Natürlich ist das ein Prozess.

Die Motive, auf einem FKK-Platz zu campen, sind vermutlich nicht frei von Neugier und heimlichen Sehnsüchten. Kann sein, dass sich hier eher ängstliche Menschen einfinden, die anstatt auf andere zuzugehen sich nur zu gucken trauen. Aber Leute, die um zu spannen auf den Platz kämen, die sich hier kostenlos aufgeilen möchten, kommen nicht wirklich auf ihre Kosten. Das Nackte sieht man sich nach einer Weile über. Es ist eine alte Erkenntnis: Das Ausgezogene ist letztlich viel weniger animierend als das Angezogene. Was dir hier begegnet, ist eben nicht das scharfmachende und aufreizende Nackte, das Spanner sich vielleicht erträumen, sondern das normale Nackte. Den Menschen in seiner normalen Nacktheit zu erleben, ist, je länger man hinschaut, umso unspektakulärer.

Bisweilen gibt es auch die umgekehrte Variante, Menschen, die speziell auf einen FKK-Platz kommen um sich zu zeigen, die ihren Körper spazieren führen, die sich zur Schau stellen möchten, die legalen Exhibitionisten. Zum Glück gibt es davon auf diesem Platz nicht viele, aber es gibt sie.

Vor allem die Tätowierungswelle macht Menschen zu Ausstellungsstücken. Um zu zeigen, wo überall und wie man sich hat stechen lassen, muss man sich entkleiden. Gut, das meiste kann man vielleicht auch im Schwimmbad oder am Textilstrand zur Anschauung bringen. Aber der FKK-Strand ist das Tüpfelchen auf dem I. Weil aber das Publikum hier eher von Rentnern, Paaren und Familien geprägt ist, besitzt das Paradelaufen für Tätowierte keinen anhaltenden Reiz. Von denen beißt selten noch einer an.

Über die mit dem Nacktsein ausgesendeten Körpersignale hinaus gibt es aber für die meisten Menschen, so auch für mich und dich, noch eine andere Seite des Nacktseins, die mich daran besonders anzieht, nein begeistert: Das freie, unbehinderte Sich-Bewegen. Ich empfinde es als wunderbar, wenn wir ohne Badehose oder Bikini ins Wasser springen, wenn wir am ganzen Körper die direkte Berührung des Wassers spüren, oder wenn wir uns, ohne dass ein Kleidungsstück durchgeschwitzt wird und ohne dass irgendein Gummiband zerrt oder eine Naht klemmt, zum Mittagsschlaf auf die Liege legen.

Auch das kann man natürlich verdrehen. Einigen kann man abspüren, dass sie anderes im Sinn haben. Sie sammeln sich hier vor allem unten am Strand. Da liegen sie stundenlang auf ihren Matten und lassen sich in der Knallsonne garen. Was müssen sie leiden, um sich jene Urlaubsbräune draufzuschaffen, die sie dann zu Hause, in der öffentlichen Sauna vielleicht, oder ich weiß eigentlich gar nicht auf welchem Laufsteg zur Schau tragen möchten. Na gut, die Haut schickt ihnen viele Jahre später die Quittung.
Ein braungebrannter Körper ist für viele Menschen offensichtlich der Nachweis, dass sie im Urlaub waren. So machen das viele. Der bewundernde Ausruf: „Mensch, was bist du braun!", wenn wir aus dem Urlaub kommen, tut gut. Ich wette, nicht nur AfD-Wähler lassen sich braunbrennen. Ich weiß nicht, ob sich jeder der tiefen Bedeutung dieses Wunsches bewusst ist. Vielleicht steckt darin aber auch nur ein uraltes Wissen, dass die Menschheit aus Afrika stammt. Immer wieder sehe ich, wie Menschen, die eben aus dem blassen Norden anreisten, alles daran setzen, so schnell wie

möglich braun zu werden. Sie cremen sich von oben bis unten ein und überlassen ihren Körper stundenlang der prallen Sonne.

So liegen sie an den Stränden der Hotelburgen. Im Selbstversuch braten und garen sie, bis die Schwarte knackt. Ich weiß es nur von Bildern. Selbst haben wir das nie miterlebt. Für mich war das immer der Inbegriff des misslungenen Urlaubs. Es will mir nicht in den Kopf, was daran angenehm sein kann. Ich finde, das ist harte Körperarbeit, Stress nur mit anderem Vorzeichen. Ich staune, wie viele Menschen das mitmachen.

Hier auf diesem Platz sind die nackten Sonnenanbeter in einer starken Unterzahl. Aber es wäre verwunderlich, wenn sich nicht immer mal wieder auch solche Zeitgenossen auf einem FKK-Platz einfänden.

Dazu gehört auch noch ein anderer Nudisten-Typus, der neben einer rabiaten Sonnenkur wohl noch andres im Sinn hat. Unten am Ufer, neben dem Einstieg ins Wasser, dort, wo alle vorbeikommen, gibt es ein paar begehrte Liegeflächen. Dort liegen sie manchmal und lassen sich von der Sonne malträtieren, scheint's schlafend und wie unwillkürlich breitbeinig alles preisgebend, was sie vorzeigen können, sodass man, ob man will oder nicht, nicht vorbeikommt, ohne ihnen in die intimsten Winkel zu schauen, als wollten sie sagen: „Na, bin ich nicht lecker?" Ich kann nicht sagen, ob ihre Phantasien je in Erfüllung gingen, ich vermute nein. Phantasien gewinnen ihre Kraft aus dem Nicht- oder Noch-nicht-Erfüllten. Ich fühle mich, wenn ich vorbeigehe, irgendwie genötigt, als würde *ich* in meiner eigenen Intimität verletzt.

Zum Glück sind das Ausnahmen. Die bei weitem größte Zahl derer, die hier campen, erlebe ich als naturverbunden. Es sind Menschen, die ihre Fahrräder dabeihaben, die wandern und die Gegend erkunden, die sich bekochen und gesund ernähren, die vermutlich die Lust genießen, ohne beengende Badesachen ins Meer zu springen, die abends, natürlich bekleidet, im Restaurant sitzen und klönen.

Es herrscht eine angenehme Atmosphäre auf dem Platz. Wäre es anders, würde ich nicht mehr hierher kommen wollen. Es besteht kein Nacktzwang. In den Laden oder ins Restaurant gehen die Menschen bekleidet, auch nicht mit blankem Oberkörper. In Frankreich erlebten wir das auch anders, da musste man, um nicht schief angesehen zu werden, auch im Campinglokal und im Einkaufsladen textillos bleiben, das empfand ich, etwa wenn sich einer über die Gemüseauslagen beugte, als gewöhnungsbedürftig.

Und noch eins muss erwähnt werden: Nacktcampen ist einfach vorteilhaft. Man spart Kleidung. Im Sommer ist Schwitzen Bestandteil eines dalmatinischen Inselurlaubs. Jedenfalls den größeren Teil des Tages über. Was für eine Entlastung, die verschwitzte Kleidung abzulegen! Müsste ich Kleidung tragen, müsste ich sie mehrmals am Tag wechseln. Und es bedeutet auch: Man kommt mit wesentlich weniger Sachen aus. Und man muss auch viel weniger waschen. Es steckt eine tiefe Symbolik darin: Wir werfen Ballast ab.

Wenigstens zeitweise erlauben wir uns, unserer Natur nachzuspüren. Nackt wurden wir geboren. In den Tod können wir keine Kleidung mitnehmen. Zwischendrin bedecken wir unsere Blöße mit Feigenblättern, wie es in der *Genesis* (3,7) heißt. Ab und an zeigen wir uns, wie wir geschaffen wurden. Die Gelegenheiten dafür sind rar. Hier können wir ihnen für einige Wochen Raum geben.

Ich sag es: Dieser Platz ist ein Geschenk. Die Parole lautet: Mach dich schon mal frei!

Übers Essen und Genießen

Im Urlaub gönnt man sich was. Das betrifft nicht zuletzt das Essen. Im Urlaub darf auch mal geschlemmt werden. Man lässt sich auf fremde Kost ein, lernt neue Gerichte kennen, kauft die Früchte des Landes, trinkt den örtlichen Wein. Man probiert mal was aus. Kulinarisch gibt es im Urlaub was zu entdecken. Allerdings, das muss ich einschränken, ist Kroatien trotz seiner Nähe zu Italien, dem Mutterland aller Essenskunst, nicht als Sehnsuchtsort für Feinschmecker bekannt. In den vielen kleinen Restaurants der Insel wird man ortstypisch verköstigt. Man isst fleischlastig, vorrangig Gegrilltes, betrachtet Gemüse allenfalls als Beilage, kennt nur schlichte Salate und könnte auch in puncto Vielseitigkeit noch zulegen. Trotzdem haben wir bisweilen auch leckere heimische Genüsse entdeckt, Sauerbraten in Rotweinpflaumensoße etwa, oder Feigenröllchen im Schinkenmantel, oder chilischarfe Rouladen, gefüllt mit Mandel-Mandarinen-Mus, oder, derb und saftig, mit diversen Kräutern gewürzten Spanferkel-Spießbraten an geschnippeltem Weißkohl-Möhren-Zucchini-Saftgemüse und fein gerösteten Schinkenwürfel-Bratkartoffeln, dazu Rote Beete in Öl-Knoblauch-Tunke.

Also jetzt geht es ums Essen. Dazu ist viel zu sagen. Es spielt in unserm Urlaub eine wichtige Rolle. Mit dem Essen stehen wir beide nicht auf bestem Fuße, bedauerlicher-weise. Eh

ich uns den Mund wässere, muss ich leider ein eher genuss-
armes, längst vergangenes Kapitel meines Lebens aufschla-
gen. Eigentlich (was steckt nicht alles in diesem Wörtchen!)
– eigentlich koche ich gern, auch im Alltag und mit dir zusammen. Und wenn wir uns bekochen, schmeckt es uns
auch in aller Regel gut. Aber auf eine mir selbst nicht immer
leicht erklärbare Weise vernachlässigen wir das Essen auch
oft, nehmen es nicht so wichtig – vielleicht weil wir das Kochen nicht richtig gelernt haben; weil wir in einer Zeit groß
wurden, als das Essen nur der Ernährung diente, nicht dem
Genuss; weil Essen von Haus aus nur als eine, wenn auch
nötige Unterbrechung der Arbeit galt, weil Essen kochen
und Essen einnehmen deshalb bloß als eine niedere Be-
schäftigung angesehen wurde; sicher auch, weil wir es uns
nach dem Krieg nicht leisten konnten, fein-schmeckerisch
zu kochen oder gar essen zu gehen; vielleicht auch, weil wir,
als wir dann später täglich außer Hauses unserer Arbeit
nachgingen, ungleich aufstanden, ungleich nach Hause kamen und eine gemeinsame Koch-Aktion nicht richtig in unseren Tag passte; oder weil uns Termine daran hinderten;
oder eben, weil wir uns einfach die Zeit dafür nicht nehmen
wollten und meinten, anderes sei wichtiger. Je mehr Erklä-
rungen ich mir ausdenke, desto unklarer werde ich mir selber.
Mein holpriger Zugang zum Kochen rührt aber jedenfalls
auch daher, dass ich zu Hause nie zum Kochen zugelassen
wurde. Das war nichts für Jungen. Ich durfte das Geschirr
abwaschen. Kochen war die Domäne meiner Schwestern.
Ich beklage das sehr. Da hat man Ressourcen verschwendet!

Ich bin sicher, es hätte ein exzellenter Koch aus mir werden können! Mein Bruder hat mir das dann später vorgemacht. Irgendwie fühle ich auch in mir solche Fähigkeiten schlummern, etwas Genießerisches, Dionysisches. Wenn ich mal an den Herd gehe, mache ich es mit schmalen Kenntnissen, aber mit Phantasie. Ich bin ein Bauchmensch und ein Bauchkoch. Ich wiege nichts ab. Ich würze frei Hand. Ich lasse mich von meiner Nase leiten. Aber dieser Seite von mir gebe ich einfach zu selten Gelegenheit, sich auszuleben. In dieser Hinsicht sind wie uns sehr ähnlich, leider. Leider bist auch du keine Küchenfee. Wahrscheinlich, weil deine Schwester diesen Platz besetzt hielt. Schade. Das hätte ich mir schon manchmal gewünscht, nicht nur selbst gut kochen zu können, viel mehr und besser: von dir bekocht zu werden. So wie das meine Mutter machte. Die konnte kochen! Das Essen hingestellt zu bekommen ist ein seliger Traum. Es ist die erwachsene Verlängerung des Stillens. Ich denke manchmal, wäre ich von dir regelmäßig versorgt worden, hätte ich später keine Gewichts-Probleme bekommen. Das ist natürlich Unsinn. Zumal eine Hausfrauen-Existenz sowohl für dich wie auch für mich selbst undenkbar war. Aber der kleine Junge in mir möchte manchmal noch ein bisschen versorgt werden.

Das Kochen dient nicht nur dem Hunger-Stillen und Genießen. Ich denke, es ist zugleich Teil der Wertschätzung und Pflege des Körperlichen. Die stand bei uns zu Hause und auch in meinem weiteren Leben, das beklage ich gleichfalls, nicht an erster Stelle. Abgesehen von der nötigen Hygiene musste man den Körper lediglich funktionsfähig halten, das heißt, gesund bleiben und einsatzfähig sein. Das galt so im Blick auf das Sportliche. Und vice versa auch fürs Essen. Es musste nahrhaft sein und ordentlich schmecken. Aber bei uns zu Hause wurde Essen, abgesehen von wenigen Ausnahmen wie Geburtstagen oder Weihnachten, nie genossen oder gar zelebriert. Deshalb war das Essen in meinem Leben immer bloß eine Nebensache. Nur schrittchenweise und bei besonderen Anlässen haben wir beide dem Essen-Kochen und dem Essen eine größere Aufmerksamkeit eingeräumt. Gelegentlich gaben mir äußere Erfahrungen einen neuen Impuls; zuletzt die wunderbare ayurvedische Kost, die ich im vergangenen Januar genoss.

Aber im Urlaub ist alles anders. Wenn wir in Urlaub fahren, bekomme ich einen regelrechten Koch-Schub. Plötzlich werden ungeahnte kreative Kräfte in mir wach. Dann ist die Essenszubereitung keine störende Unterbrechung meiner Arbeit, keine Pflichtaufgabe, sondern mit Lust verbunden. Schon im Voraus freue ich mich aufs abendliche Kochen, weil ich weiß, dass mir und uns wieder neue Kreationen einfallen, gerade unter den eingeschränkten Möglichkeiten des Campens. Das geht nach dem Motto: „Hier kochen Chef und Chefin!" Es macht Spaß, aus wenig viel zu zaubern. Bloß auf das anschließende Abwaschen könnte ich verzichten. Da vermisse ich dann doch die häusliche Spülmaschine. Gern verschieben wir die Abwascharbeit auf den nächsten Tag und müssen dann irgendwann einen Riesenspül bewältigen. Anschließend habe ich Rückenschmerzen. Es ist ein

Musterbeispiel dafür, wie am Schönen und Lustvollen fast immer noch was Anstrengendes und weniger Lustiges dranhängt.

Im Urlaub essen wir zweimal am Tag. Das Mittagessen schenken wir uns. Früher meinte man ja, man müsse regelmäßig über den Tag am besten mehrere kleine Mahlzeiten einnehmen. Heute ist man besonders up to date, wenn man das sogenannte Intervallfasten mitmacht, das eine große Verdauungspause zwischen Abendessen und der ersten Mahlzeit am nächsten Tag verlangt. Für unsern Tagesrhythmus ist das wie gemacht. Es ist bequem und öffnet den Tag für viele Unternehmungen.
Über die Zeit hat es sich so eingespielt, dass ich draußen vor dem Camper die Schnippelarbeiten erledige und den Vorspeisen-Salat anrichte und du drinnen am Herd die Hauptspeise kochst. Ich weiß gar nicht, wie es zu dieser Aufteilung kam. Vielleicht spiegelt sie wider, dass ich eher den weiten Raum suche und du das Höhlige? Oder müssen Frauen immer am Herd stehen und Männer zuarbeiten? Jedenfalls kochst, brätst, dünstest du, was unser Dreiflammenherd hergibt, weitgehend fleischfrei, meist mediterran oder auch scharf gewürzt, mit reichlich Knoblauch, Kräutern und Olivenöl, einfallsreich im Verbrauchen der Reste. Eigentlich bin ich seit Kindesbeinen Fleischesser, wie es meinem Namen entspricht. Aber im Urlaub werde ich zahm und staune immer, wie gut auch vegetarisches Essen schmecken kann.

Während du also am Herd stehst, obliegen mir die, ich möchte das schon betonen, nur scheinbar schlichteren Arbeiten des Kleinschneidens, die du, wenn du mit dem Kochen beschäftigt bist, nur am Rande mitbekommst. Denn ich erledige sie mit Liebe und Akkuratesse, auch mithilfe eines kalten, eben aus dem Laden geholten Bieres, das mich zusätzlich inspiriert, mir immer neue Salat-Variationen auszudenken. Ich schnippele, zerkleinere und zerschnitzele mit der Reibe alles, was man mir gibt, immer haarscharf an den Fingerkuppen entlang. Schnippeln ist nicht so einfach, wie man denken könnte. Du brauchst gesammelte Konzentration und gefühlige Finger. Schnippeln kann ich. Ich bin ein aussichtsreicher Kandidat für das leider nur inoffizielle Schnippel-Diplom. Insbesondere kann ich Knoblauch entblättern und kleinschneiden. Das ist eine ziemlich mühsame Arbeit, wie jeder weiß, vor allem bei frischen Knollen. Ich habe dazu diverse Techniken entwickelt, die ich aber nicht verrate. Ohne Knoblauch geht bei uns jedenfalls gar nichts. Unter einer Knolle pro Tag mache ich es selten.

Was das Essen betrifft, sind wir einfallsreich. Wir machen was aus dem, was da ist oder weg muss. Meist bleibt etwas übrig, wenn wir kochen. Das nehmen wir dann als Grundlage für den nächsten Tag. Die Kunst ist, wieder etwas ganz Neues daraus werden zu lassen. Das gefällt mir. Man kann auch Resten vom Vortag mit frischen Kräutern, Chili und Knobi noch allerhand Leben einhauchen. Wenn wir uns zum Essen setzen, ist das von einer gewissen Spannung begleitet. Man weiß nicht so genau, was am Ende auf den Tisch kommt. Dann prosten wir uns zu und bringen mit einem

guten Schluck Rotwein erst einmal unsern Appetit auf Touren.
Die nötigsten Lebensmittel kann man im Laden auf dem
Platz einkaufen, Gurken, Zucchini, Paprika, Tomaten, Kartoffeln, Kohl; allerdings leider keine Bio-Lebensmittel. Das
Sortiment ist schmal. Meist kaufen wir in Vrboska und Jelsa
an den Gemüseständen ein, da ist das Angebot etwas größer. Außerdem gibt es Supermärkte, die sich zunehmend
auf die verwöhnte Nachfrage der Touristen einstellen.
Trotzdem ist die Angebotspalette bei Weitem nicht so vielseitig wie daheim. Manches kaufen wir auch bei Kleinstanbietern am Straßenrand, im eigenen Garten gezogene
Tomaten, Trauben, Kartoffeln, Feigen, Kräuter, Olivenöl.
Auch den Wein holen wir direkt vom Erzeuger. Wir arrangieren uns mit dem, was das Land und die begrenzten Möglichkeiten des Handels hergeben. Man muss eben was draus
machen. Das ist die Kunst und der Reiz.

Unsere Kochaktionen, im Bewusstsein ihrer kreativen Potenzen, habe ich gern in meinem Tagebuch festgehalten,
davon mal eine Kostprobe:
„Heute gibt's drei Gänge: zuerst Bruschetta, in der Pfanne
geröstete Weißbrotscheibchen mit unterschiedlichen Aufstrichen aus Alnatura-Gläschen und gehackten sonnengereiften Tomatenstückchen, danach eine Salat-Kreation aus
verschiedenem Blattgrün, dünnen Gurkenscheiben, gewürfelten Tomaten, Kräutern, etwas Knoblauch, verschiedenfarbigen Oliven, Fließjogurt und Cashewkernen, schließlich
als Hauptgang die Krönung: in Chili-Öl gesottene, mit feinen

Knoblauchscheiben und getrockneten Tomatenstückchen angesetzte, verkräuterte Brechbohnen an gepfefferten Rote-Beete-Scheiben (eine jungfräuliche Kreation von dir), dazu rohe Thüringer Klöße aus dem Beutel – ein absolutes Festessen!"

Oder ein andermal: „Abendessenszeit. Heute dominiert der Knoblauch. Der Salat, das ist klar, fällt wieder in mein Ressort, natürlich anders zubereitet als gestern. Dieses Mal mit geraspelten Möhren und Zucchini, feinen Apfel- und Tomatenscheiben auf einem Rucola-Krauskopfgemisch, überstreut mit Weißkäsewürfeln und Sonnenblumenkernen sowie sauer eingelegten Peperoni und eingemischten Knoblauchstückchen. Du bietest als Aperitif wieder Brus-chetta an, dieses Mal belegt mit Pfeffer-Aprikosen und Knoblauchtomatenstückchen, danach gibt's das mit diversen Kräutern und wiederum feingeschnittenem, kurz angebratenen Knoblauch aufgefrischte Pfannen-Restessen von gestern. Es schmeckt zum Aufjauchzen. Bei der Vorbereitung trinke ich ein gut gekühltes Bier; zum Essen steige ich auf Rotwein um. Du trinkst wie immer Wasser und Wein. Das Ganze schließen wir heute ab mit einem Glas landestypischen Prošek."

Oder: „Heute gibt es aufbereitetes Reste-Essen. Reste werden bei uns weiterverbraucht. Kriegs- und Nachkriegskinder werfen nichts weg. Vom Markt in Starigrad habe ich einen Topf duftendes Basilikum mitgebracht, also gibt's als Vorspeise Tomaten-Mozzarella, die wir noch in unseren von zu Haus mitgebrachten Beständen vorhalten. Sie ist nicht mehr taufrisch, hat sich aber in userm Kühlschrank gut gehalten. Mit frisch gemahlenem Pfeffer, Meersalz und ein paar dünnen Knobi-Scheiben garniert sowie mit Olivenöl und Balsamico-Essig überträufelt wird noch was draus.

Du hattest die schwierigere Aufgabe, musstest aus dem schon zweimal aufgewärmten Gemüse etwas zaubern. Es wirkte äußerlich etwas ramponiert, aber dank userm leistungsstarken Kühlschrank nach gründlicher Sicht-, Riech- und Schmeckprobe noch völlig esstauglich. Es wurde dann ein überhaupt nicht schlichtes Spagetti-geht-immer-Essen mit einer aus den Resten gemixten und durch indische Gewürze, Kräuter schön-scharf gemachten Soße. Es mundete vorzüglich. Vorweg genehmigten wir uns ein Schnäpschen, ein Birnenbrand, den wir vom Bodensee mitbrachten, zum Nachtisch zwei tiefgekühlte Feigen vom Markt. Was für ein Essen!"

Oder: „Zurück von userm Fahrradausflug richten wir uns unser Essen an. Ich gestalte den Salat und versuche mich zu übertreffen mit Selleriestreifen auf Eisbergsalat, Tomaten, kleingeschnittenen Peperoni, Oliven, getrocknetem Knoblauch und einem Rosinen-Körnergemisch, darüber ein wenig Chili-Puder, Himalaja-Salz und Pfeffer. Dazu kurz geröstete Weißbrotschnitten. Du kochst Blumenkohl, in Möhren- und Zucchinistängelchen und frischer Petersilie gebettet, dazu Oregano-Bratkartoffeln mit frischem, eben angedünsteten Knoblauch und eine kleine Scheibe Fleischkäse mit Spiegelei. Zum Nachtisch Weintrauben. Es ist schlicht, aber es schmeckt einfach gut."

Als Hilfsmittel stehen dir besagter Dreiflammen-Gasherd, eine Pfanne, zwei Töpfe, eine Kasserolle und wenig Platz zur Verfügung; mir in der Hauptsache eine Mehrzweck-Küchenreibe und ein scharfes Messer. Da läuft einem doch gleich das Wasser im Mund zusammen.

Zu Hause gehen die Uhren anders. Zu Hause räumen wir uns zu oft nicht die Muße ein, die das Essen braucht, um aus der Nebenrolle ins Licht zu kommen. Obwohl wir viel bessere Bedingungen haben. Für mich bedarf es nicht der stundenlangen Vorbereitungen, der Meisterkoch-Nachahmungen, der ausgefallenen Geschmackskitzel und kulinarischen Sensationen. Es bedarf nur der Phantasie. Die Zutaten können ganz einfach sein. Der Urlaub, wenn man ihn sich nicht mit den Super-Buffets einer Pauschalreise verhunzt, erschließt einen Kosmos der Lust und Kreativität. Mit dem selbstgekochten Essen schenken wir dem Aufmerksamkeit, was ich jedenfalls viel zu oft, eigentlich mein Leben lang, nur als Nebensache behandelt habe: unserm Körper.
Mit dem Essen ehren wir unsern Körper. Mit dem Essen nähren wir unsre Seele. Essen hält Leib und Seele zusammen, sagte mein Großvater Ati immer. Und: Man isst bekanntlich, wie man ist. Geben wir ihm Platz im Leben

Reden und Streiten

Der Urlaub zu zweit ist eine Wundertüte, voller Erwartungen und Überraschungen, ein Sehnsuchtsort, zu dem man sich das ganze Jahr hinträumt. Endlich haben wir Zeit für uns. Endlich bremsen uns berufliche Termine und häusliche Pflichten nicht mehr aus. Endlich haben wir Zeit füreinander. Jetzt kann das passieren, was im Alltag fehlt und nicht klappt.

Die Realität ist meistens komplizierter. Wenn ich von unserm Urlaub erzähle, wäre es nicht stimmig, würde ich nicht auch davon reden. Urlaub ist Freiheit. Aber im Urlaub rückt man sich auch auf den Pelz. Man muss sich permanent miteinander abstimmen. Die Möglichkeiten, sich in die Quere zu kommen, vermehren sich exponentiell. Man ist im Blickfeld des anderen. Das hat verlockende, aber auch strapaziöse Aspekte.

Es gibt Paare, die zuhause ununterbrochen streiten und im Urlaub ihre Liebe wiederentdecken. Es gibt auch das Umgekehrte. Manche sind daheim ganz verträglich und gehen sich im Urlaub heftig auf den Geist. Manchmal bekommt man das beim Campen mit. Oft kann man es nur ahnen, wenn ein Paar stumm voreinander sitzt.

Ob der Urlaub gelingt, ob wir uns erholen und entspannen, entscheidet sich nicht zuletzt daran, wie wir diese vermaledeite Nähe hinbekommen.

Wir beide sind ein Redepaar. Das hört sich vielleicht gut an. Aber wir sind manchmal auch ein Streitpaar. Unser Urlaub ist diesbezüglich vielseitig. Wir reden viel und wir streiten, ich will nicht sagen viel, aber doch öfter mal. Durchaus auch im Urlaub. Vor allem am Anfang, bis wir uns zurecht-geruckelt haben. Ich sehe das alles in allem positiv. Es würzt unsere Partnerschaft. Aber es hat anstrengende Seiten.
Ich glaube, hauptsächlich habe ich das Reden und damit auch das Streiten in unsere Beziehung eingeschleppt. Wenn etwas nicht stimmt, muss ich es klären. Du könntest es auch freundlich übergehen. Du machst wohl oder übel mit. Ich nenne das despektierlich wegschweigen. Bei euch zuhause wurde nicht so viel geredet, schon gar nicht kontrovers, und erst recht nicht mit rotem Kopf wie bei uns. Das Emotionale ist meine Mitgift. Ich ahne, nein, ich weiß, dass ich manch-mal ziemlich strapaziös für dich bin. Ich bewundere Men-schen, die immer ruhig und unaufgeregt bleiben. Wie einer meiner besten Freunde. Das ist mir nur streckenweise ge-geben. Andererseits fühle ich mich mit Menschen, die nicht sagen, was sie bewegt, unbehaglich. Sie machen mir Angst. Was mich betrifft, brauche ich das Reden (und manchmal eben auch das Streiten) wie frische Luft. Wir beide reden nicht bloß zu Anlässen, wir reden auch ohne Anlass im All-tag, bei den Mahlzeiten, bei unsern Gängen in den Wald, beim abendlichen Absacker. Mein Reizbarkeitspegel steigt spürbar, wenn wir uns mal eine Weile nicht genügend Zeit zum Reden nehmen. Ich bin überzeugt, dass das Miteinan-der-Reden ein zentraler Pfosten für das Gebäude unserer langen Partnerschaft ist. Aber eben auch das Streiten. Na-

türlich nur, weil es schlussendlich eine Versöhnung zwischen uns gibt. Aber das weiß man am Anfang nicht. Es gehört zum Wesen des Streites, dass er erst einmal die Beziehung belastet.

Jedes Paar hat da so seine Themen, wir auch. Für andere sind sie nervig. Für uns auch. Sie sind zeit- und kraftraubend. Und vor allem lusttötend. Zur Anschauung greife ich mal ein paar Passagen aus meinen Urlaubs-Tagebüchern heraus, von denen es schon einige gibt:

„Wir haben uns mal wieder in einen Streit verbissen. Was war noch mal der Grund? Ich hab ihn nicht mehr parat. So geht mir das oft. Anlässe zum Streiten finden wir schnell. Aber bin ich erst einmal sauer, brauche ich keinen Grund mehr. Dann finde ich sowieso überall Streitfelder.

In der Regel ist es so: Du schaffst aus meiner Sicht die Anlässe und ich den Streit. Das passt wie Topf und Deckel, wie Schraube und Mutter. An beiden Enden könnte man drehen. Natürlich sind wir längst ein eingespieltes Streit-Team. Du lenkst ab und schweifst aus, ich meckere und bohre. Du sitzt die Spannungen lieber aus, ich sorge dafür, dass die Dinge nicht so einfach laufen.

Innnerlich führe ich eine Liste deiner Unzulänglichkeiten. Virtuos kann ich sie bei allen möglichen Unstimmigkeiten, verbalen und nonverbalen, als Wirkungstreffer platzieren. Es fällt mir nicht schwer, einen Streit anzuheizen. Insbesondere auch dadurch, dass ich deine Mängel und Fehler nicht nur aufzähle, sondern sie auch therapeutisch analysiere. Und sie mit einem passenden Bessermach-Vorschlag abrunde.

Natürlich lässt du das nicht auf dir sitzen. Da hast du eine Palette von Gegenmaßnahmen. Zum Beispiel, wiegesagt, schweigst du erst mal und lässt mich totlaufen. Oder streitest die Sache ab, weil du sie – angeblich – ganz anders erlebt hast. Du behauptest einfach das Gegenteil. Dann kann ich schon mal gar nichts machen. Da steht Aussage gegen Aussage. Oder du findest Fehler bei mir und giftest zurück. Dann knallen wir uns Unfreundlichkeiten an den Kopf, die wir uns sonst nicht sagen. Am Ende zieht sich jeder von uns vergrätzt zurück. Nach einiger Zeit, bisweilen auch erst ein bisschen später, merke ich dann, nein, Gott sei Dank, merken wir beide, dass es so nicht geht. Aber bis wir dann auf die Sachebene einschwenken können, dauert es manchmal schon."

Die Anlässe, die uns in Streit bringen, sind, mindestens für Außenstehende, oft nicht nur lächerlich und blöd. Sie sind auch oft unverständlich. Worum geht es eigentlich? Ich weiß es selber schon nicht mehr. Warum bin ich überhaupt so streitsüchtig? Warum mache ich aus einer Mücke einen Elefanten? Ich verstehe es nicht. Wie neulich:

„Am Abend sitzen wir noch lange in den Stühlen und schauen in den untergehenden Tag. Es ist alles gut. Wir führen schöne Gespräche. Und dann kriegen wir uns wegen irgendwas in die Haare. Jetzt, einen halben Tag später, fällt mir partout nicht mehr ein, um was es ging. Es war absolut lächerlich. Irgendeine Äußerung von dir habe ich wohl als unpassend empfunden und reagierte beleidigt. Du hast dagegengehalten. Die Stimmung war zack! kaputt. Wir haben uns am Abend nicht mehr eingekriegt."

Trotzdem, und jetzt kommt die gute Nachricht, haben wir immer wieder angeknüpft, haben wieder geredet. Im Urlaub gilt ganz besonders: „Wir müssen reden", wie ich mein Diadenbuch übertitelt habe. Es hat uns sehr oft gute Dienste geleistet, ebenso wie früher das Zwiegespräch.

Ganz besonders gutgetan hat es mir (und uns) immer, wenn wir, nach einem heftigen Streit wieder ruhiger geworden, über unsere „wunden Punkte" haben reden können, jene alten, in aller Regel aus unserer Kindheit stammenden Verletzungen, Kränkungen, Schuld- und Schamgefühle, denen wir damals mit unsern kindlichen Mitteln begegneten und die ein Leben lang als wunde Stellen in unserer Psyche verankert bleiben.

Die Arbeit an und mit den Diaden hat mich gelehrt, Streitigkeiten ernst zu nehmen. Auf den ersten Blick scheinen unsere Streit-Anlässe nicht selten albern und lächerlich zu sein, für Außenstehende manchmal absurd. In Wirklichkeit verbirgt sich aber hinter jeder Kontroverse eine alte Verletzung. Die Emotion, die einen Streit in Nullkommanichts anfacht, wäre gar nicht erklärbar, wenn sich dahinter nicht alte Kränkungen und Verbitterungen, Ängste, Entwertungen und Verurteilungen versteckten. Zu verstehen, warum wir (du oder ich) im Streit so reagiert haben (etwa weil ich mit meinem Ärger eigentlich meinen Vater oder meine Mut-

ter meinte, etwa weil du deine kindlichen Frust-
Erfahrungen ins Heute projiziert hast), entlastet unsern
gegenwärtigen Streit. Diese Einsicht hat etwas Versöhnliches. Ich will als Beispiel erzählen, wie es mit unserm Streit
weiterging:

„Wir versuchen, unsern Streit von gestern noch einmal anzugehen. Die Stimmung ist noch heikel, aber inzwischen
kann ich darüber reden. Du bist bereit und hörst mir zu. Das
besänftigt mich. Ich werde friedlicher. Ich fühle mich von
dir verstanden und du von mir. Aber das hat schon gedau-
ert.

Die Grundsituation hatte ich wie so oft vergessen, weil sie
mir völlig belanglos schien. Erst als du das Stichwort gibst,
ist sie mir wieder präsent: Gestern Abend, als ich mich in
den Liegestuhl neben dich setzte und meine Beine auf dem
gleichen Hocker ablegte, habe ich mich an einem deiner
Zehennägel geratscht. „Deine Fußnägel sind scharfkantig",
habe ich dann gesagt. Oder so ähnlich. Vielleicht noch: „Du
könntest sie mal wieder schneiden". Eine Lächerlichkeit. Es
klang sachlich. Aber als Du-Aussage schwang eine deutliche
Spur Vorwurf hinein. Du hast es jedenfalls als Kritik gehört,
fühltest dich dafür verantwortlich gemacht, dass ich mich
an dir stieß und mir wehtat, und nun zogst du deine Füße
gerade nicht zurück.

Ich wiederum hatte überhaupt kein Verständnis für deine
Abwehr. Statt eben einen kleinen Tuck zur Seite zu rut-
schen, machtest du – für mein Gefühl aus heiterem Himmel
– eine Kampfsituation daraus. Dann habe ich zurück atta-

ckiert und eskaliert. Du bliebst aber völlig uneinsichtig. Wir fuhren uns fest. So entstand schließlich unsere halbtägige Schweigepause.

Das Frühstück ging wortkarg vorüber, aber heute Mittag haben wir nun endlich versucht, unsere hinter den scheinbaren Lächerlichkeiten liegende emotionale Befindlichkeit zu verstehen. Wir hatten uns beide wieder einmal an wunden Punkten getroffen.

Zunächst meine Seite. Ich fühlte mich nicht gesehen, nicht gehört, einfach übergangen. Ich fühlte mich von dir verletzt und du nimmst keine Notiz davon. Ich bilde mir ein, eine sachdienliche Bemerkung zu machen („deine Nägel sind scharf"), und komme damit überhaupt nicht an, weil ein Vorwurf darin steckt. Dass du nur abwehrend reagierst, verletzt mich. Ich fühle mich nicht angehört. Sofort schalte ich auf ärgerlich. Ich frage mich, wohin in meinem Leben das gehört. Ich glaube, es ist ein Widerhall jener Erfahrung, dass, wenn es einen Streit gab zwischen meinem kleinen Bruder und mir, meine Eltern sich unbesehen und ohne mich richtig anzuhören, auf seine Seite stellten. Der Größere hat immer Unrecht. Ich konnte nichts machen. Du bekommst meine aufgesparte Aggression von damals ab. Auf das Gefühl, nicht gehört zu werden, reagiere ich mit Wut. Es ist mein wunder Punkt. Angemessener wäre, meine Verletztheit auszudrücken.

Du deinerseits hast meine Bemerkung als grundsätzliche Kritik verstanden und alle Krallen ausgefahren. Das hat es dir nicht erlaubt, auf eine sachliche Ebene zu kommen. Du hast dich gegen einen Angriff gewehrt, den ich, so bildete ich mir ein, nicht intendiert hatte. Du hast dich gefühlt wie früher, wenn du dich von deinen Eltern oder Geschwistern als nicht richtig, als ungeschickt, unaufmerksam, als nicht gut genug hingestellt fühltest. Auch für dich ist dein eigentlicher innerer Gesprächspartner deine Familie. Die Botschaft, die du gehört hast, hieß: Du bist Schuld, du machst es nicht richtig. Eine sachliche Prüfung: Stimmt das überhaupt, was ich höre? war dir nicht möglich. Die kindliche Gegen-Aggression nimmt allen emotionalen Raum in dir in Anspruch. Dann fühlst du dich fundamental abgewertet und kämpfst sozusagen um dein Leben.

Schlussendlich fühlen wir uns beide gesehen und gehört. Du gehst auf mich zu. Ich schaue dich freundlich an. So war es dieses Mal. Und es endet wie schon oft: Wir kommen uns wieder nah."

Inzwischen kriegen wir uns wesentlich schneller wieder ein als in früheren Jahren. Früher konnten wir streitmäßig lange durchhalten. Heute empfinde ich uns beide als dünnhäutiger, und vielleicht deshalb auch versöhnlicher. Die bissigen Schlachten sind geschlagen.

Darüber hinwegzusehen, was mir nicht passt oder was dir nicht passt, ist weiterhin keine Lösung für mich. Manchmal funktioniert das eine Weile, aber beim Camping sind wir aufeinander angewiesen, da begegnen wir uns zu oft, da muss oft eine Hand in die andere greifen und arbeiten, da muss es passen. Das geht nur mit Wohlwollen. Ich weiß: Dissonanzen müssen wir austragen. Bloß kritische Anmerkungen zu machen, bringt gar nichts. Aber manchmal ist es

so schön, sich anzugiften. Vielleicht weil das Versöhnen
noch schöner ist?
Andererseits kann und will ich (und das gilt genauso für
dich) nicht alles runterschlucken. Sonst sammelt sich heimlich Unzufriedenheit an. Wir müssen also reden. Manchmal
ist das nervig. Es kann im heißen Kroatien einen Kälteschub
auslösen. Zum Glück meist nur kurz. Schaue ich uns statt
aus der Frosch- aus der Vogelperspektive zu, entzerrt sich
das Bild. Unsere Erfahrungen mit dem Zwiegespräch und
besonders den Diaden bewähren sich immer wieder, vor
allem die Verabredung, uns zu einem Gespräch zusammen-
zusetzen, sobald einer von uns das wünscht. Ohne das Gerüst der Gesprächsregeln würden wir allerdings munter
unsere Übertragungen und Gegenübertragungen weiterze-
lebrieren. Erst die Einsicht in unsere wunden Punkte befreit
uns, hinter die Dinge zu schauen und unsere eigenen An-
triebe zu fassen.

Tatsache ist: Wir sind nicht gleich. Wir denken, fühlen, handeln verschieden. Unsere Aufmerksamkeit nimmt ganz Un-
terschiedliches in Blick. Das hört sich wie eine Binsenweis-
heit an, aber nur, wenn man es nicht ernst nimmt. Der Satz:
„So bist du und so bin ich" ist groß. Mit unserer Verschie-
denheit verträglich umzugehen, verstehe ich als eine nie
endende Aufgabe. Sie drängt sich gerade beim Campen in
den Vordergrund. Es gibt zahllose Unterschiedlichkeiten
zwischen uns. Ich bin Frühaufsteher, du Langschläferin. Ich
mache fast alles fix, du nimmst dir Zeit. Ich pflege mein In-
nenleben und schreibe. Du pflegst Kontakte und holst dir

Anregungen. Wenn wir nicht im Streit sind, kann ich sagen: Du gibst mir, was ich nicht habe. Und umgekehrt. Was für ein Glück!

Und dann muss ich noch was sagen. Dieses Kapitel singt zwar ein Loblied auf unser Miteinander-Reden. Es ist für uns existentiell. Aber es ist erst der erste Schritt. Es schließt mir, nein, ich kann genauso sagen: uns, eine Tür auf für etwas Weiteres, Tieferes: für das Berühren. Ich glaube, ich kann das so generell sagen: Erst wenn wir uns wieder berühren, wenn ich dich in Arm nehme, versöhnt mich das ganz. Dann, um es ein wenig pathetisch zu sagen, füllt sich meine Seele spürbar mit Liebe. Wenn wir uns wieder freundlich in die Augen schauen, wenn wir uns anfassen, uns umarmen und nahe kommen, löst sich alle Spannung in mir, und ich merke: auch in dir. Das ist jedes Mal wie ein neues Verlieben. Das Berühren trägt eine fundamentale Kraft in sich. Ich brauche, eh ich dir wieder nah sein kann, zwar meist erst das Reden. Aber manchmal, wenn es mal mit dem Reden nicht mehr geht, kann uns auch die Berührung allein heilen. Da kann schon ein freundlicher Blick oder ein scheinbar versehentliches zu dicht Aneinander-Vorbeigehen was bewirken. Ich bin überzeugt: Stärker als alles Parlieren ist das Berühren.

Nächtliche Geschichten

Jetzt schlage ich ein Kapitel auf, in dem wir eher auseinandergehen. Ich nehme dich mit in die Nacht, in jenen Teil der Nacht, wenn alles schläft. In der Nacht kenne ich mich aus. Die Nacht ist mein Reich. Von der Nacht kann ich viele Geschichten erzählen. Wenn alles zur Ruhe kommt, tut sich für mich eine Welt auf, von der die meisten Menschen nicht viel mitbekommen. Allenfalls begegnen sie ihren Träumen. Zu Hause wird manchen Menschen die Nacht zum Tage, weil sie arbeiten müssen. Von der Nacht kriegen sie dabei nichts mit. Sie bleibt unbekannt vor der Tür. Die Nacht spricht eine eigene Sprache. Die Nacht ist das Revier der Empfindsamen. Sie schenkt dem Leben noch eine andere, ich sage: eine tiefere Seite.

Ich bin kein großer Schläfer. Mein Schlafbedarf ist eher niedrig. Üblicherweise schlafen erwachsene Menschen 7 - 8 Stunden pro Nacht, manche deutlich mehr. Ich komme gut mit 5 Stunden aus, manchmal mit weniger. Darüber hinaus schlafe ich manchmal gar nicht. Nicht wenige Nächte meines Lebens brachte ich schlaflos zu. Im Urlaub, umgeben von Natur, erlebe ich solche Nacht-Wachen besonders intensiv. In diesem Kapitel möchte ich dich ein Stückchen mitnehmen in die andere Welt der Nacht.

Ich beneide dich um die Fähigkeit, zu schlafen, sei es um dein schnelles Einschlafen, sei es um dein Durchschlafvermögen oder um deine Fähigkeit, in den Tag hinein zu schlafen. Ich habe deinen regelmäßigen Atemzügen und auch deinen Schnarchphasen gelauscht. Was für eine Gabe, wenn man so viel und so gut schlafen kann! Um mich macht der Schlaf immer mal wieder einen Bogen. Manchmal bin ich müde, gehe zu Bett wie jeder Mensch, schließe die Augen, entspanne mich, lasse die Gedanken des Tages kommen und gehen, aber der letzte Schritt, mich fallen zu lassen, abzutauchen, will nicht gelingen. Dann denke ich: Ich wär so gern wie du.

Andererseits: Was entgeht dir alles! Ein Drittel des Leben verschläft der Mensch – das ist ungeheuer! Ein Drittel bekommt er nur bedingt mit! Ich glaube, wenn Menschen schlechte Schläfer sind, kann es auch darin liegen, dass sie nichts verpassen wollen – vielleicht, weil sie, als sie klein waren, nichts verpassen *wollten*, was an Aufregendem um sie herum geschah oder an Bedrohlichem, etwa wenn die Eltern viel stritten. Wer lange schläft, versteckt sich im Bett. Wer wacht, ist auf der Hut.

Noch mehr als zu Hause werden mir im Urlaub die Nächte, in denen ich nicht schlafe, zum Schlüssel in eine sonst versperrte Kammer. Ich weiß, ich kann später nachholen, was mein Körper braucht, und mir ein Schläfchen in der Hängematte gönnen. Kein Termin gängelt mich. Für mich sind die schlaflosen Nächte besondere Erlebnisse, die meinen Urlaub bereichern. Davon möchte ich erzählen.

Die Nacht ist mir vertraut. Wenn Ruhe einkehrt, wenn sich Stille über den Platz legt, wenn sich abgründige Schwärze ausbreitet oder wenn Mondlicht durch die Bäume wandert, wenn sich nichts regt und doch so viel los ist, wenn man die kleinen Laute umso intensiver wahrnimmt, wenn um mich alles schläft, sind meine Sinne wach. Nachts ist Raum für Zartes und Feines. Die Nacht öffnet mich. Sie macht Menschen empfänglich für Regungen, die sie am Tag überrennen und überschreien.

Vielmals saß ich im Dunkeln und lauschte auf die leisen Töne; die in mir selbst und die von außen heranwehenden. Die nächtliche Einsamkeit macht mich empfänglich für die unscheinbaren, aus der Natur und nicht von der Geschäftigkeit der Menschen kommenden Laute jenseits von Verkehr, Motorenlärm, Betriebsamkeit, Gesprächen; auch jenseits von Lichtern und hellen Fenstern. Vor allem deshalb liebe ich die Nächte. Ich liebe die dunklen, leisen, ungestörten Stunden, wenn alle schlafen, wenn mich niemand anspricht, wenn ich nur mit der Natur und mir selbst ins Gespräch komme. Dann weitet sich etwas in mir. Ich lausche nach außen und höre nach innen. Ich fühle mich eins mit dem Großen Ganzen, viel stärker als am Tage, wo tausend Eindrücke meine Aufmerksamkeit abziehen. Dann entsteht in mir Raum für innere Bilder. Dann habe ich die besten Einfälle. Sehr oft setze ich mich an den PC und schreibe. Große Teile meiner Bücher sind in der Nacht entstanden. Oftmals habe ich meine nächtlichen Erlebnisse und Gedanken in meinen Tagebüchern beschrieben:

„Als wir aus Vrboska zurückkommen, ist es spät geworden. Wir schieben unsere Stühle zueinander, wie wir es gern tun am Abend, tauschen uns aus und lösen unsern Tag auf mit einem Glas Wein. Auf unserm Platz kehrt meist um 11 Uhr Ruhe ein. Bisweilen gibt es Ausnahmen. Manchmal feiert eine Gruppe Italiener oder Polen oder Slowaken, die können das am besten. Aber lautstarke Jugendliche gibt es kaum, im Zweifelsfall treffen sie sich unten am Strand. In den Wohnmobilen schauen einige fern. Man sieht das bläuliche Aufflimmern des Bildschirms durch die Fenster. Einige Paare sitzen noch vor dem Zelt, trinken einen Absacker und flüstern miteinander, eh sie vielleicht zueinander kriechen. Auch dich zieht die Müdigkeit ins Bett. Ich bin noch nicht schlafschwer und bleibe noch eine Weile allein zurück. Bald herrscht Stille. Nacht breitet sich aus. Ab und an schlurft mal jemand schlaftrunken ins Waschhaus, ich höre die Schritte näherkommen und sich wieder entfernen, ich höre das Rauschen der Spülung. Kein Geräusch trübt die Ruhe. Kein Hund bellt. Die Grillen schlafen. Manchmal kraspelt ein Tier im Gesträuch oder eine Taube wechselt über mir flügelschlagend das Schlafbein. Die Hitze des Tages verliert sich im sternklaren Himmel. Ein leichter Wind rauscht in den Bäumen, und klingt mir in den Ohren als wären es vertraute Kinderlieder. Vom Meer höre ich das immer gleiche, immer etwas andere Anbranden des Meeres. Lange sitze ich so, lausche in die Nacht, bis ich irgendwann ich in die Hängematte steige."

Meine Nacht hat viele Gesichter:

Nachtgesichter

Nacht
du in Schwärze getauchtes
Gesicht
an meinem
Gesicht

Nacht
du vertrauter
Atem
der Geliebten

Nacht
du geheimnisvolles
weites Land

Nacht
du verschwiegene
Stimme
kleiner Töne

Nacht
du wissende
Mutter
aller
Geschichten

Nicht jede Nacht wache ich. Aber jede Nacht schlafe ich
draußen. Du gehst in den Camper unter dein Hubdach, ich
steige, warm verpackt, in die Hängematte. Ich lege eine
Polsterauflage unter, das wärmt mich von unten, und ziehe

zusätzlich eine dicke Trainingshose und die Fliesjacke mit der Kapuze an. Außerdem binde ich mir einen Schal um. Das sieht gewöhnungsbedürftig aus im Hochsommer, ist aber nötig. Die Nächte beginnen warm, sind lau, werden als sogenannte Tropennächte geführt, weil die Temperatur nicht unter 20 Grad sinkt, aber je mehr es auf den Morgen zugeht, verliert sich die Tageshitze. Dann werden meine Beine kalt und steif. Inzwischen wickle ich sie zusätzlich in eine Decke. Nur wenn die Nächte noch kälter werden oder wenn es zu regnen droht, ziehe ich mich in den Camper zurück. Aber im Sommer kann ich solche Nächte auf unserer Insel an einer Hand abzählen.

Das Draußenschlafen ist für mich der Inbegriff des Sommerurlaubs, ein besonderes Erlebnis, ein immer neues Geschenk. Ich fühle mich dem Himmel nah. Ich verstecke mich in den Sternen. Ich weiß mich im Einklang. Ich atme mit der Natur. Ich lasse mich vom Tag wecken. Ich freue ich mich auf das tägliche Lichtspektakel am Morgenhimmel.

Aber es gibt auch jene Nächte, in denen ich nicht müde werde oder nach einer Unterbrechung nicht wieder in den Schlaf zurückfinde. Das ist die andere, die verborgene Seite meiner Nächte. Dann findet mein Hirn keine Ruhe. Mein Blut kreist, meine Gedanken sind aufgescheucht.

Wenn die Nacht naht, wenn ich mich in die Hängematte lege, weiß ich noch nicht, was kommt. Schlafe ich gleich ein? Bleibe ich wach? Schlafe ich durch? Erwarten mich Schlafpausen? Werden mir die Beine kalt? Schlafe ich nach dem

Klogang wieder ein? Werde ich mich, weil ich nicht in den Schlaf zurückfinde, an den PC setzen? Wie viel Schlaf, wie viel Wachheit schenkt mir diese Nacht? Treibt sie wieder ihr Verwirrspiel mit mir? – Meine Nacht ist voller Überraschungen.

Ein Beispiel wähle ich aus. Ich lese dir aus meinem Tagebuch vor:

„Noch vor Mitternacht lege ich mich schlafen. Wie immer verbringe ich die Nacht in der Hängematte, die ich auf das mitgenommene Gestell neben dem Camper gespannt habe, beschützt unter der hohen Kiefer, die uns tagsüber Schatten wirft, die direkt über mir einen Flecken freien Himmels lässt. Ich schaue durch die Äste, suche die Sterne. Noch ist der Mond nicht aufgegangen, wir haben schon zwei Tage nach Vollmond, alles liegt im tiefen Dunkel. Ich lausche in die Nacht.

Der Tag klingt in mir nach, das lange Hinausschwimmen am Morgen, als das Meer noch glatt lag, unsere wunderschöne Fahrradtour, das Einkaufen in Jelsa, am Nachmittag die Diade mit dir und die anschließenden verbindenden Gespräche, schließlich das Gitarrespielen, das Essenmachen. Es sind fröhliche, friedliche Bilder.

Ein angenehmer Seewind lässt die Matte kaum merklich schaukeln. Vom Meer kommt ein kaum vernehmliches Rauschen herauf. Irgendwo auf der anderen Seite des Platzes bellt ein Hund, hört nicht auf. Warum nimmt ihm keiner die Angst? Es umhüllen mich die kleinen Geräusche der Dunkelheit: ab und zu ein Rascheln, vielleicht von einer Maus, bisweilen mal das kurze Zirpen einer Grille, die sich in der

Zeit geirrt hat, oder ein einsamer Vogelschrei, ein fernes
Flugzeug. Die Glocken der Kirche schallen alle Stunde
schwach vom Ort herüber. Das Schweigen umarmt mich. Ich
schließe die Augen, warte auf Schlaf. Dann öffne ich sie wieder, blinzele durch die Zweige, erkenne ein paar Sterne. Sie
könnten zur Deichsel des Großen Wagens gehören. Deutlich
sehe ich die bei uns längst hinter der allgemeinen Lichtver-
schmutzung verschwundene Milchstraße. Einzelne Wegbe-
leuchtungen auf dem Platz stören mich, wie vor mir schon
andere. Die meisten von ihnen wurden von anderen Campern fantasievoll mit Plastiktüten oder T-Shirts verdunkelt.
Mir fallen die Augen zu. Ich sinke in einen traumlosen Tief-
schlaf. Dann werde ich unruhig. Ich fröstele. Ich schaue auf
die Uhr, es ist gerade mal 1 Uhr. Ich packe mich immer gut
ein, wenn ich mich in die Hängematte lege. Meine Beine
sind nicht mehr die jüngsten. Sie nehmen absinkende
Nachttemperaturen persönlich. Im Lauf der Nacht wird es
kühler. Ab und an muss ich auch ein wenig herumlaufen,
damit das Blut die Beine wieder aufwärmt. Der Platz liegt in
völliger Stille. Kein Geräusch kommt von irgendwoher. Es
ist noch tief in der Nacht. Ich lege mich zurück in die Matte.
Aber jetzt meidet mich der Schlaf, ich weiß nicht, warum.
Ich steige aus der Matte und wechsele auf den Liegestuhl.
Der ist angenehm breit, durchaus bequem, aber die nötige
Nachtschwere schenkt er mir nicht. Ich drehe und wende
mich, verändere die Lage, stelle das Rückenteil steiler und
flacher, stopfe mir das Nackenkissen unter, nehme es wieder weg. Ich komme nicht zur Ruhe. Ich merke: Im Liegestuhl geht es nicht weiter. Die Uhr geht auf 2 zu. Meine Bei-

ne brauchen erneut Auslauf. Und mein Darm drückt. Ich mache einen Gang zum Waschhaus. Danach streune ich eine Zeitlang über den verschlafenen Platz, laufe mir die Unruhe aus den Beinen.

Inzwischen ist der Mond über die Baumkronen gestiegen und leuchtet die Wege aus. Fast gleißend kommt er aus einem wolkenfreien Himmel. Er scheint viel heller als bei uns, so kommt es mir vor. Ich denke, das macht die klare Luft. Das Licht blendet mich, meine Augen haben Mühe, sich auf die wechselnden Schatten- und Lichtspiele einzustellen, die sich zwischen den Bäumen immer wieder verändern.

An Schlaf ist nicht zu denken. Es ist 3 Uhr geworden. Ich setze mich an den PC, den ich schon vorsorglich auf dem Tisch bereitgestellt habe, schreibe an meinem Buch, warte, bis mich irgendwann oder unversehens Müdigkeit überfällt. Zugleich kühle ich mich ein wenig aus, weil ich danach meistens besser einschlafe. Auf dem Platz herrscht weiter tiefe Stille. Ob es noch andere gibt, die nicht schlafen?

Ich sehe niemanden. Die Nacht macht dich einzeln. Sie wirft dich auf dich selbst zurück. Sie lässt dich nach innen schauen und nach außen horchen. Die Sinne konzentrieren sich und werden zugleich durchlässiger. Ich fühle mich einig mit der Nacht. Das Alleinsein ist mir vertraut. Schon als Jugendlicher mochte ich die Nacht, bin nachts allein zum Besuch von Gruppen in Nachbardörfern über Land geradelt. Nur selten hatte ich ängstliche Gefühle.

Es wird 4 Uhr. Eine kleine Müdigkeit kommt in mir auf. Ich wechsle wieder in die Hängematte, nicke ein. Ich träume bildreich und ausgiebig, nahe Menschen begegnen mir in fremden Situationen. Nichts Wesentliches bleibt hängen. Ich staune, wie viele Geschichten ich mir erzähle.

Erneut weckt mich die Nachtkühle. Noch einmal stehe ich auf. Ich steige in den Camper und lege mich in meine Koje. Ohne Übergang versinke ich in Schlaf. Im weich gepolsterten Bett liege ich bequem. Ich habe kein Gefühl dafür, wie lange ich schlief; es kam mir vor wie die halbe Nacht, doch währte es nur ein knappes Stündchen. Noch immer finde ich nicht nachhaltig zur Ruhe.

Wieder wache ich auf, gehe nach draußen. Es ist noch vor 5 Uhr. Die Nacht geht voran, aber noch umhüllt sie den Platz. Ich versuche es noch einmal: Hängematte, Liege, Stuhl und PC, hier ein kurzes Dösen, dort ein kleines Nickerchen. Nichts verstetigt sich. Der Mond ist wieder hinter die Bäume gezogen. Bald graut der Morgen. Es ist merklich kühler geworden. Noch einmal steige ich in den Camper, verkrieche mich unter den warmen Daunenschlafsack, schlafe ohne Zögern ein und erwache, völlig ausgeschlafen, bei hellem Tag, gegen halb 10 Uhr. Es geht mir gut, nur dass ich das Frühschwimmen verpasste."

Ein andermal schreibe ich:

„Es begann ganz normal und harmlos. Gegen 11 Uhr legt sich der Platz schlafen, so auch wir. Du kletterst unters Hubdach. Ich steige wohl eingepackt in die Hängematte. Der Himmel ist frei. Kein Windchen weht. Die Luft steht. Es ist schwül. Vielleicht könnte es Regen geben, sagt die Wetter-App. Ich döse ein.

Unvermittelt werde ich aus dem Schlaf gerissen. Regentrop-
fen wehen mir übers Gesicht. Schlaftrunken springe ich aus
der Matte, greife Nackenkissen und Liegepolster, raffe die
Hängematte zusammen, darauf achtend, dass die
Aufhängeschnüre sich nicht verheddern, schaffe alles unter
die Markise. Es dauert eine Weile, bis ich Stühle, Liegen,
Hocker und Tisch und diverse darauf abgelegte Utensilien
regensicher fortgeräumt habe. Jetzt bin ich völlig wach, lege
mich auf die Liege und schaue dem Regen zu. Unvermittelt
blitzt es, nur einmal und sehr hell, offensichtlich ganz nah,
begleitet von einem sofortigen Donnerschlag - und kaum
danach hört es ebenso unvermittelt auf zu regnen und der
Spuk ist vorbei. Das Ganze dauerte kaum 5 Minuten. Es war
das mit Abstand kürzeste Gewitter, das ich je erlebte. So
schnell der Regen einfiel, so eilig ist er wieder verschwun-
den. Die meisten Camper, scheint mir, haben gar nichts davon mitbekommen. Auch du schläfst ohne aufzuwachen.
Ich bin hellwach, setze mich an den PC, schalte die Hand-
lampe an und schreibe. Noch immer ist es sehr warm, wieder haben wir eine Tropennacht. Der Wind bringt eine angenehme Brise heran. Vom Regenguss ist nichts mehr zu
sehen. Alles Nasse trocknet in Windeseile. Ich sitze mit
blankem Oberkörper. Allerlei fliegendes Kleingetier um-
schwärmt mich, fliegt in den Lichtkegel, nimmt auch mal auf
mir Platz. Bisweilen klettert eine Ameise an mir herum. Die
machen nie Feierabend. Sie lassen sich vom Wind durch die
Luft wehen. Ich weiß nicht, wie die wieder nach Hause finden.

Alles schläft. Es ist halb 4 Uhr geworden. Um mich herum rührt sich nichts. Vielleicht noch verwirrt durch das Kurz-Gewitter meinen einige Zikaden, sie müssten schon schreien. Bald bemerken sie ihren Irrtum. Kleine Geräusche zeigen, dass Lebendiges unterwegs ist. Ich spanne die Hängematte wieder auf, setze mich hinein und schaukele ein wenig hin und her, lasse mich von der Nachtbrise anwehen, die die Hitze erträglicher macht. Alle Wolken haben sich verzogen. Ein herrlicher Sternenhimmel steht über uns.
Dann schlafe ich ein. Als ich gegen Viertel nach 6 Uhr erwache, habe ich doch alles in allem fast 5 Stunden geschlafen. Eine erlebnisreiche Nacht liegt hinter mir."

Eine Seite der Nacht habe ich schon kurz gestreift, aber sie verdient noch mehr Beachtung: wie sie sich verabschiedet. Von der muss ich dir noch genauer erzählen.
Viele Menschen wollen abends den Sonnenuntergang erleben. Du weißt ja und ich habe es schon erwähnt, dass wir leider keine freie Sicht auf die untergehende Sonne haben, ein Inselausläufer liegt dazwischen. Anders ist es nach Osten zu. Dorthin öffnet sich das Meer, jedenfalls bis zu den gegenüberliegenden Küstenbergen in etwa 40 Kilometern Entfernung.
Wie der Morgen jenseits über die Berge steigt: das ist für mich ein ganz besonderes Erlebnis. Immer aufs Neue fasziniert mich der Übergang zum Morgen, wie das Dunkle sich nach und nach ins Helle bringt, wie der Himmel zunehmend Farbe bekommt, erst zart, kaum Konturen erkennen lassend, dann kräftiger, Farbe aufnehmend, bläulich, gelblich,

mit ersten Orangefäden, wie er dann nach und nach ins Leuchten kommt, wie sich der ganze Himmel orangerot einfärbt und in Flammen steht, bis die über die Berge steigende Sonne alles mit einem Schlage dominiert und wegbläst; auch wie auf ein geheimes Kommando hin das Geschrei der Zikaden einsetzt und den Tag begrüßt, wie draußen überm Wasser sich ein paar Möwen begrüßen oder zanken, ich weiß es nicht, wie eine Krähe hoch über uns kreist und ihr Revier beschreit. Und wie unten das Meer erst noch nachtstill liegt, in immer anderer Monotonie sanft an die Klippen rührt, und dann ins erste Licht getaucht nach und nach in Bewegung kommt.

So oft habe ich der morgendlichen Licht-Show zugesehen. Sie ist nie gleich, obwohl sie immer gleich ist. So habe ich es in meinen Tagebüchern beschrieben:

„Die Nacht geht heute, Mitte Juli, um 5 Uhr zur Neige. Jeden Tag ein wenig später. Sie dehnt sich bereits wieder aus, schneidet dem Tag Mal um Mal ein Fitzelchen von seiner Länge ab, man merkt es kaum, wenn man nicht genau darauf achtgibt. Wenn über das östliche Küstengebirge ein fahler Schimmer steigt, weiß ich, jetzt übernimmt der Tag. Dann führt die Sonne ihre Morgensymphonie auf. Das ist, je nachdem, wie klar die Luft ist oder ob noch Wolken über den Himmel ziehen, immer anders. Was für eine Fülle von Farbtönen! Welche Intensität! Unterschiedlich legen sich die Farben auf Höhenzüge und Bergfalten, unterschiedlich auf Meer und Küsten. Nichts bleibt. Dauernd ändert sich das Bild. Es ist ein unerhörtes Spektakel.

Und doch steigt der Tag lautlos auf, unaufdringlich, vorsichtig; muss sich erst gegen die Nacht durchsetzen. Das geht nicht auf einen Schlag, sondern gewissermaßen partnerverträglich. Aber trotzdem unaufhaltsam und dann mit zunehmender Rasanz. Es dauert nicht lang, und die Nacht ist vollkommen vergessen. Wäre der Himmel regenverhangen oder das Land vernebelt, bliebe diese erstaunliche Staffelübergabe verborgen.

Bis der Platz geschäftig wird, dauert es noch. Die erste Zeit des Tages gehört mir fast allein. Hier regiert der Urlaubsmodus. Man geht ohne Hast in den Tag. Nur ganz wenige Frühaufsteher sind schon auf, Radfahrer zum Beispiel oder Wanderer, die, bevor die Sonne unerträglich wird, zu einer größeren Tour aufbrechen. Sonst rührt sich noch nichts. Erst gegen 7 oder halb 8 Uhr kommt erstes Leben zwischen die Zelte. Kurz vor 6 Uhr schmeißt das Tragflügelschnellboot in Jelsa die Motoren für seine Frühtour nach Split an. Es ist unvorstellbar laut. Wenn der Wind entsprechend weht, kann man es bis zu uns hören, über zwei Buchten und zwei Landzungen hinweg, mindestens 8 Kilometer entfernt. Ich möchte nicht in Jelsa wohnen, nicht in Hafennähe. Erst recht möchte ich kein Fisch sein. Da würden keine Ohrstöpsel reichen. Ich frage mich, wohin wohl die Fische fliehen. Pünktlich um 8 Minuten nach 6 Uhr zieht der Morgendampfer an uns vorbei, durchpflügt das spiegelglatte Meer jenseits der vorgelagerten Insel, zerschneidet Luft und Sinne, defloriert dröhnend das jungfräuliche Wasser. Danach kehrt wieder Ruhe ein."

Was mir die Nacht und der frühe Tag schenken, bleibt den meisten Menschen verborgen, vielleicht sogar fremd und unheimlich. Für mich stecken die langen Stunden der Nacht samt dem ersten Morgen voller Erlebnisse. Manche gehen in mich wie heilige Momente. Das frühe Aufstehen beschert mir etwas Zusätzliches, nur mir Gehörendes, wenn der Platz noch wie ausgestorben liegt und die tägliche Betriebsamkeit noch nicht Besitz ergriffen hat vom neuen Tag.

Ich bin zwar ein Nachtliebhaber, aber auch ein leidenschaftlicher Frühaufsteher. Nur meine Schlafprobleme haben mich immer mal wieder zum Langschläfer gemacht. Da bist du anders. Du bist eine Bettgenießerin. Für dich ist das Frühaufstehen nichts. Wenn du mal ganz in der Frühe aufwachst, sagen wir um halb 8 Uhr, gönnst du dir gern noch eine Runde. Selbst wenn du bereits siebeneinhalb Stunden Nacht hinter dir hattest. So lange kann ich gar nicht schlafen, von Ausnahmen abgesehen.

Nachtwachen und Morgengrauen, vom Dunklen ins Helle, lauschen und schauen – das sind Facetten meines Camping-Urlaubs, die ich nicht missen möchte. Aber da gibt es auch eine Kehrseite, die ich schon angedeutet habe und nicht verschweigen will.
Die Nacht hat mich vielmals beschenkt. Aber sie hat mir auch viele schlaflose Stunden und endloses Hoffen aufs Müdewerden beschert. Allzu oft hat sie mich gefoppt, hat mich hingehalten und mich das Warten gelehrt. So gerne wollte ich wie du und all die anderen, deren regelmäßige

Atemzüge und Schnarchorgien aus den Zelten dringen, in Schlaf versinken, mich dem Großen Ganzen anvertrauen und loslassen. Manchmal ist nicht schlafen zu können auch ein Fluch.

Fest steht: Morpheus, der Schlafgott, hat mich oft links liegen gelassen. Ich habe ihn bekniet:

Morpheus

Öffne mir, wertester Morpheus,
  endlich deine Gewänder,
lass mich, verliebt und erschöpft,
  an deinem Halse ruhn,

nimm mich und lass mich versinken
  in deinen weichen Falten,
bis ich mich selbst verliere,
  bis das Vergessen mich stillt.

Endlose Wege muss ich erlaufen
  in endlosen Nächten,
niemals komm ich zum Ziel,
  niemals finde ich hin.

Muss ich mich quälen wie Sisyphos
  einst bis zur Erschöpfung,
muss ich denn Nacht für Nacht neu
  betteln um bloß ein Vielleicht?

Findet die Anstrengung niemals
    ein Ende, auch nicht im Dunkeln?
Hört denn das Kämpfen nicht auf,
    bis du dich endlich erbarmst?

Ich bin deine Launen so leid,
    bin so müde und ohne Entwürfe.
Wie ein endloses Lied
    sprengt es mir schließlich das Hirn.

Mach endlich hin, mach dich weich,
    sag ja und schließ endlich Frieden,
verflucht und verdammt noch mal,
    Morpheus, du mieser Typ!

Habe ich mein Stoßgebet falsch adressiert?
„Ich hebe meine Augen auf zu den Bergen, von welchen mir
Hilfe kommt", singt ein Unbekannter in den *Psalmen*
(121,1+2). „Meine Hilfe kommt vom Herrn, der Himmel und
Erde gemacht hat." Den Tag und die Nacht. Auch das Wachen und Schlafen? Wer oder was regiert über meinen
Schlaf, wenn nicht ich selbst? In mancher Nachtstunde habe
ich darüber gegrübelt. Ich lese noch einmal ein Stück aus
meinem Tagebuch:

„Zu Anfang dieser Nacht sinke ich für zwei Stunden in einen
tiefen, erholsamen Schlaf. Aber dann war wieder einmal
Schluss. Es geht nicht weiter. Obwohl ich weit davon entfernt bin ausgeschlafen zu sein. Ich gehe an den Laptop,

schreibe an meinem Buch. Schön und gut. Lieber würde ich alles loslassen. Alle schlafen. Nur ich nicht. Warum darf ich nicht schlafen?! Ich kann nichts tun. Ich fühle mich ausgeliefert. Als würden mich andere Geister regieren. Ich sitze in der Nacht, schreibe sie mir von der Seele, warte, dass mich die Müdigkeit über den Berg führt. Etwas in mir lässt das nicht zu. Etwas gärt und bohrt und dreht sich in mir. Ich weiß nicht was. Ich bin müde, müde. Nimm mich mit! Trag mich fort! Ich schließe die Augen. Ich sehne mich nach Ruhe.

Augustin kommt mir in den Sinn: „Inquietum est cor nostrum, donec requiescat in te". Ich übertrage es für mich:

Du bist mein Anfang, bist mein Ziel.
Ruhlos irre ich umher.
Erst in dir wird alles still.
Erst in dir ist nichts mehr schwer.

Ich senke den Atem. Ich gebe nach. Und endlich, endlich, als der Morgen naht, siegt die Erschöpfung. Ich bin reif."

Mücken und Elefanten

Jetzt schneide ich, ich sage es mal so, ein verbiestertes
Thema an. Ich will über eine problematische Seite von mir
sprechen, die du kennst und auch nicht kennst. Eine, die
mein Wohlbefinden auf harte Proben stellt. Auch die gehört
zu dieser Art Urlaub im Freien, wie ich sie in diesem Buch
besinge.

Ich muss ein wenig ausholen. Du weißt ja, dass ich ein aner-
kannter und überzeugter Kriegsdienstverweigerer bin. Ich
habe später sehr vielen Verweigerern geholfen, durch die
Prüfung zu kommen, als das noch erforderlich war. Ich habe
für den Frieden gefastet und demonstriert. Ich bin Mitglied
im Zivilen Friedensdienst. Ich hasse jede Art von Gewalttä-
tigkeit, sei sie persönlich oder politisch motiviert, außer der
staatlich geregelten und rechtlich kontrollierten. Aber es
gibt Ausnahmen. Von denen muss ich jetzt reden.

Also wenn mir ein Käfer über den Weg läuft oder eine Spin-
ne oder Ameise, dann trete ich nicht drauf, sondern dran
vorbei. Haben sich Tiere irgendwo verfangen, etwa eine
Biene oder Hornisse hinter der Scheibe, schaffe ich ihnen
einen Ausgang. Umschwirren mich Wespen im Spätsommer,
verscheuche ich sie allenfalls durch sanftes Wedeln. Den
Mardern auf unserm Dachboden, die mich nicht schlafen
ließen, habe ich das Jagen durch ein Gerät verleidet, das für
sie unangenehme Töne erzeugt, aber ich habe kein Gift aus-
gestreut; ebenso vertreibe ich die Spinnen in meiner Praxis

mit einem Piepsgerät. Schließlich sind die Tiere unsere Verwandten. Braucht es noch mehr Beispiele?

Aber es gibt Ausnahmen. Das Fleischessen ist so ein Beispiel. Das setzt bekanntlich das Töten von Tieren voraus. Unsere Kinder haben das hinter sich gelassen. Wir beide reduzieren es und kaufen, wenn es geht, Bio-Fleisch. Ich esse einfach zu gerne Fleisch. Das ist ein Relikt aus jener Zeit, als es bei uns Fleisch nur an den höchsten Feiertagen gab. Als Kind habe ich es auf dem Hof miterlebt, wie die Schweine geschlachtet wurden. Das ging damals vergleichsweise human zu. Ich hoffe, dass das auch heute noch auf den Bio-Höfen so ist. Wenn wir im Restaurant ein Fleischgericht bestellen, kann ich natürlich nicht davon ausgehen. Aber immerhin, ich bringe die Tiere nicht selber um.

Aber da gibt es welche, die bringe ich um, eigenhändig. Da werde ich zum Mörder. Da kenne ich keine Verwandten. Das sind die Mücken sowie alles Viehzeug, das sticht und beißt und mich aussaugt. Anders gesagt: das mich angreift. Die erschlage ich brutal und rücksichtslos und ohne jedes Erbarmen. Ich betrachte das als Gegenwehr, als persönliche Notwehr. Die Angriffe dieser Kreaturen empfinde ich als heimtückisch und böswillig. Es schert sie einen feuchten Kehricht, ob mir ihre Attacke weh tut. Sie greifen an, wo sie können, ohne dass ich ihnen ein Haar gekrümmt hätte. Ich finde, Mücken sind die bei Weitem aggressivste, hinterlistigste und unsympathischste Tierart auf diesem Planeten, und dabei oder vielleicht gerade deshalb auch eine der verbreitetsten. Soweit ich weiß, gibt es kein Land dieser Erde, in dem es nicht Mücken gäbe. Sie übertreffen die Menschen an Gemeinheit und arglistiger Täuschung und leider auch an Zahl um Zehnerpotenzen.

Ich stehe mit diesen heimtückischen Schmarotzern und Blutsaugern auf Kriegsfuß. Da gilt für mich nur: Kriege ich dich, dann bist du hin. Das ist archaisch, ich weiß. Wer andere verletzt, dem wird der Kopf abgeschlagen. Schon Hammurabi hat das Racheprinzip, das darin steckt, entschärft. So wurde es auch in die Bibel übernommen: Auge um Auge. Schlägt einer jemandem die Hand ab, soll er nicht mit dem Leben dafür büßen, sondern auch nur die Hand abgehackt bekommen.
Aber bitte sehr, wie kann man einer Mücke den Stechstachel abhacken? Da bleibt mir einfach keine Wahl. Mit diesen Viechern gibt es keine Verständigung. Da gibt es nur ein Du oder Ich.
Man mag das für rabiat halten. Aber du weißt, welche Geschichten für mich dahinter stecken. Wo immer wir zusammen waren: Wenn es eine Mücke im Raum gab, dann ist sie zu mir gekommen. Nicht zu Besuch, sondern mit Stechabsichten. Zahllose Reisen haben mir die Biester verleidet. Ich weiß nicht, warum sie immer alle auf mich fliegen und dich (jedenfalls weitgehend) verschmähen. Ich würde auf dich fliegen.

Einige Zeit dachte ich, es gäbe auf unserm Platz am Meer keine Mücken. Ich habe auch nie welche gesehen. Da kenne ich ganz andere Plätze, etwa den nördlich von Igoumenitsa, oder die an der Ardèche. Aber ich habe mich getäuscht. Auch hier treiben sie ihr Unwesen. Ich habe nur nie welche gesehen. Aber das gilt nur für Mücken im engeren Sinne, sozusagen für die gemeine, sich einigermaßen ehrlich durch Heransummen bemerkbar machende Feld-, Wald- und Wiesen-Stechmücke, die man im Ried Schnake nennt. Solche Mücken haben wenigstens einen Restbestand von Aufrichtigkeit in sich, geben einem eine, wenn auch kleine, Chance zu einem fairen Kampf.

Die Mücken auf Hvar arbeiten verdeckt. Man sieht und hört sie einfach nicht. Als wären sie bei der Gestapo oder der Stasi (oder, weil wir ja im ehemaligen Jugoslawien sind, der Udprava) geschult worden. Es müssen Miniaturmücken sein, Mikromücken. So eine Art von aufs Stechen umprogrammierten Kriebelmücken. Vielleicht auch Kleinstkäfer. Wer weiß. Jedenfalls sind sie mit normalen Sinnen und üblichen Abwehrmaßnahmen nicht zu erfassen. Sie tarnen sich als Minimücken, aber sie trampeln auf meiner Toleranzfähigkeit rum wie Elefanten.

Denn die Stiche, die sie hinterlassen, sind durchaus nicht mikromäßig. Die sind deutlich sichtbar und noch deutlicher spürbar. Gut, die Mehrzahl von ihnen ist nicht besonders nachhaltig, verschwindet nach einiger Zeit. Aber einige sind Monster. Wenn ich mich mal nicht zusammengerissen und versehentlich, oder weil ich den Juckreiz nicht aushielt, daran gerieben und gekratzt habe, können sie mich mehrere Wochen lang peinigen. Wirklich, mehrere Wochen! Man kann mit kalten Umschlägen, Zwiebelhälften, Citronella-Öl, Minze, Kokos- oder Teebaumöl, Salbei oder Zimt dagegen angehen; ich sage: das bringt gar nichts. Und oft hilft auch kein Fenistil, Soventol und kein Mückenstift. Ich habe es auch bei einem dieser schwierigeren Stiche mit dem neuen Anti-Stich-Stift versucht, der mit Hitze arbeitet, habe aber auch keine bessere Wirkung erzielt. Aus Verzweiflung attackiere ich mich manchmal selbst und versuche es mit Ausquetschen. Ich rate sehr ab. Es gibt einfach nichts, was man tun könnte. Man muss es durchleiden.

Meine Tagebücher sind voll von solchen Leidens- und Aggressionsgeschichten, was Mücken oder anderes Stechgetier angeht. Ich übertreibe nicht. Man kann mir nicht vorhalten, ich machte aus Mücken Elefanten. In vielen Urlauben waren Mücken ein übergewichtiges Thema für mich. Deshalb sind wir nie in Gegenden gefahren, die als mückenverseucht gelten; obwohl mich manche von ihnen sehr interessiert hätten. Meine Mückengeschichten sind zahlreich und stichhaltig:

„Zunehmend und mittlerweile unerträglich jucken mich meine vielen Stiche. Es mögen weit über zwei Dutzend sein. Vor allem die an den Füßen sind unerträglich. Dauernd muss ich sie aneinander reiben. Das ist natürlich grundverkehrt und raubt mir außerdem den Schlaf. Ich habe aber auch Stiche im Nacken, am Gesäß, an den Beinen, unter den Armen; überwiegend übrigens auf der Körperrückseite oder an Stellen, die ich nicht einsehen kann. Die Biester sind schlau, sie lassen sich nicht sehen und fassen...

Einige Stiche plagen mich sehr. Sie jucken wie die Pest. Ich habe keine Ahnung, ob die Pest juckt und eventuell wie. Aber ich finde keinen stärkeren Ausdruck. Zuweilen kann ich es kaum aushalten und brauche meine letzten Kräfte, um nicht zu kratzen. Ich glaube, Schmerzen sind angenehmer. Stiche, an denen man nicht kratzen darf, sind eine Folter."

An andrer Stelle habe ich notiert: „Ich kenne mich aus mit Stichen. Ich gehe auf bewährte Weise mit ihnen um. Ich ziehe mir, wenn's auf den Abend zugeht und die Biester aus ihren Löchern kriechen, langärmlige Sachen an. Ich sprühe mich jeden Abend mit Antibrumm oder No bite ein. Trotzdem kommen immer neue Stiche dazu. Die beste Methode ist (wie übrigens bei unangenehmen Gegnern generell), sie zu ignorieren, ihnen keine Aufmerksamkeit zu schenken. Aber das sagt sich so einfach. Es fordert einem höchste Disziplin ab. Dann mache ich mir Mut und feuere mich selbst an: „Halt durch! Denk an was anderes!" Ich habe es oft erlebt, es kommt auf die erste halbe Stunde an. Die meisten Stiche verlieren binnen Kurzem, meist schon nach lächerlichen dreißig wild juckenden Minuten, manchmal sogar schneller, ihre Wirkung. Nur an Stellen, die man, sei es gezielt, sei es unbewusst und unwillkürlich immer wieder berührt, ist die Sachlage komplizierter. Wenn man Glück hat, hilft die Nachtruhe, um die Juckstellen abklingen zu lassen und zu vergessen. Allerdings muss man dann aufpassen, dass nicht neue Stiche dazukommen.

Aber es gibt eine Sorte von Stichen, da ist es anders. Ich weiß nicht, welche Tiere sie mir zufügen, vielleicht sind es diese Minimücken oder eben kleine Käfer. Die stellen meine Juckverbote auf eine harte, stunden-, tage- und manchmal wochenlange Probe. Sie sind äußerst widerständig gegen schlichte Missachtung, Ablenkung und Verdrängung. Da kommt es drauf an, wer den längeren Atem hat. Irgendwann, zum Glück, geben sie auf."

Oder ein anderes Mal schreibe ich: „Die Lage an meiner Stichfront hat sich leider nicht verbessert. Sie hat sich verschlimmert. Noch immer werde ich zerstochen, habe zahlreiche Juckstellen und manchmal ganze Juckplakate am Körper. Sehr unbequem sind sie, wenn sie sich am Po befinden und das Sitzen zur Qual machen. Oder am Rücken, wo ich nicht hinkomme. Es ist bisweilen unerträglich und fordert mir ein Höchstmaß an Disziplin ab. Noch immer habe ich kein Insekt gesehen, das mich stäche. Aber ich habe – vielleicht unter anderem – Ameisen im Verdacht, die habe ich schon öfter von der Haut geschnippst."

Und später notiere ich: „Was nicht besser wird, ist mein Stich-Thema. Inzwischen bin ich übersät von Stichen. Die meisten jucken zum Glück nur ein bisschen. Aber einige entzünden sich, werden groß und rot, manche bekommen eine Eiterstippe. Das kommt natürlich vom Kratzen und Jucken, wenn ich's nicht lassen kann. Viele Stellen kann ich gar nicht selbst sehen und erreichen. Die Viecher stechen an

ganz gemeinen oder schwer erreichbaren Stellen, die zähle ich jetzt mal nicht weiter auf. Bei manchen brauche ich deine Hilfe, sie mit Salbe zu besänftigen.
Was mich sticht, habe ich immer noch nicht heraus. Die Ameisentheorie habe ich wieder fallengelassen. Obwohl sich hier bestimmte Ameisen vom Wind treiben oder auch vom Baum fallen lassen. Aber ich habe noch nie von so rabiaten, stechsüchtigen Ameisen gehört. Diese Stichmonster sind vermutlich nichts Krabbelndes, eher was Fliegendes, aber so klein, dass man es gar nicht wahrnehmen kann. Ob es nützt, wenn ich mich abends rundum mit Antibrumm einsprühe, weiß ich überhaupt nicht. Das Beste ist, wenn ich lasse kein freies Hautstückchen freilasse. Ich ziehe Handschuhe an und streife die Kapuze übers Gesicht. Die Biester lassen keinen Körperteil aus. Ich hoffe, dass ich irgendwann eine Immunität dagegen aufbaue. Bislang merke ich davon aber nichts."

Andern kann ich ja nicht dauernd was vorjammern. Aber meinem Tagebuch klage ich mein Leid: „Es juckt! Eins von diesen unsäglichen unsichtbaren Viechern hat mich doch kurz vor dem Aufstehen noch in den rechten Daumen gestochen, ich wünschte, ich hätte es unwillkürlich zerquetscht, aber das ist sicher nur ein unfrommer Wunsch. Auch die andern Stiche melden sich immer noch nachhaltig, sie piesacken mich mörderisch, es fällt mir zunehmend schwerer, nicht daran zu rühren. Meine Disziplin lässt nach."

Und ein paar Tage später: „Sofort schlafe ich ein, schlafe gut bis halb 7 Uhr, bis mich eine Mücke sticht, natürlich wieder da, wo es besonders unangenehm ist, in die Mitte zwischen Zeige- und Ringfinger. Es gibt solche gemeinen Exemplare, die stechen immer in die Fingergelenke, üble Kreaturen, die im Zorn erschaffen sein müssen, die ich hier in Ermangelung exakter Untersuchungen mit dem Sammelbegriff „Mücken" benenne. Aber ich weiß überhaupt nicht, wie sie aussehen, man kriegt sie einfach nicht zu fassen und dann eben auch nicht zu erschlagen. Könnte ich doch endlich mal welche erschlagen! Ich glaube, das würde mich etwas entlasten. Es würde dieses Ohnmachtsgefühl mildern. Ich muss aufpassen, dass ich meine Mordgelüste nicht auf andere Kreaturen übertrage."

Ich muss auch noch von einer ganz besonders heimtückischen Unterart der Mücke reden, der selten beschriebenen, deshalb meist verleugneten, aber desto übleren und bemerkenswerteren Wassermücke. Ich nehme an, dass sie sich irgendwann im Lauf der Evolution die Schwimmfähigkeit erworben hat, vielleicht, um sich noch unsichtbarer zu machen und auch vor wütenden Schlägen, etwa dem Schwanz einer Kuh oder dem Schlag einer Menschenhand, besser geschützt zu sein.

Die Wassermücke, die anscheinend warmes Wasser liebt und Kälte scheut, greift mich unter Wasser an, an allen erdenkbaren Stellen, ich will lieber nicht sagen, wo überall. Sie macht sich durch manchmal kurzes, manchmal auch anhaltendes Stechen und Pieksen irgendwo auf der Haut bemerkbar, meist, wenn ich schon weit in die Bucht geschwommen bin und an nichts Böses denke. Es sind heftige Nadelstiche, aber im Wasser kann man schon gar nichts machen. Auch da kann ich aber sagen: Zum Glück klingen sie irgendwann ab. Du hast mir bestätigt, dass du das auch erlebt hast. Komischerweise haben sich die Einstichstellen, wenn ich aus dem Wasser klettere, verwischt. Und gesehen habe ich die Viecher genauso wenig wie ihre fliegenden Verwandten.

Summa summarum: Reisen ist schön. Campen ist schön. Im Freien sein, ist schön. Aber leider muss man sich die Welt mit anderen teilen. Es gibt halt nichts auf der Welt ohne Nebenwirkungen. Versteh einer die Schöpfung. Sie hat einfach Platz für alles und jeden. Ich versuche mich damit abzufinden: Ich bin halt für Mücken attraktiv. Vielleicht steckt ja auch ein Schuss Liebe darin, wenn sie mich auswählen.

Du dagegen kannst froh sein. Du hast dir einen Mückenfänger zur Seite geholt. Das war, aus deiner Sicht, nicht ungeschickt. Mindestens wegen der Mücken kannst du sagen, du hast mit mir eine gute Wahl getroffen.

Das Wasser

Wenn ich vom Wasser und vom Meer spreche, weiten sich mir unwillkürlich die Lungen. Und du bekommst leuchtende Augen. Ganz erpicht bist du aufs Wasser. Nur Weniges verlockt dich so wie die Aussicht, „nachher noch mal ins Meer zu springen".

Wir fahren im Urlaub ans Meer. Wir teilen die Sehnsucht nach dem Meer mit vielen Menschen. Nichtschwimmer, Bade-Muffel und Wasserscheue können dies Kapitel jetzt überspringen. Die schwärmen vielleicht von den Bergen. Auch Berge haben ihren Reiz, das bestreite ich nicht, auch Seen und Flüsse. Auch Reisen in die Wüste, den Regenwald oder in die Arktis können unvergesslich sein. Bis auf die Arktis hatten wir das auch schon alles. Aber es geht nichts, jedenfalls im Sommer, über das Meer, vor allem, wenn es sich so präsentiert wie in unserer Bucht.

Dass wir im Urlaub schwimmen können, ist für uns beide bei der Auswahl unserer Ziele wenn nicht eine Grundbedingung, so doch eine Voraussetzung mit Priorität. Einmal am Tag ins Meer zu springen, am liebsten, wenn es nicht zu bewegt ist und möglichst bei angenehmen Temperaturen, das ist eins unserer größten Urlaubsvergnügen. Darauf verzichten wir nur vorübergehend, wenn es gar nicht anders geht.

Aber zunächst einmal ist da zu differenzieren. Meer ist nicht gleich Meer. Und Strand ist nicht gleich Strand. Manche Strände sind verdreckt, vermüllt, veralgt, weitläufig-langweilig oder von Sonnenbadern verpökelt.

Es gibt Plätze am Meer, die liegen laut Campingführer herr-lich, aber was nicht dabeisteht, ist, dass in der Nachbar-schaft das Ufer wie eine Müllhalde aussieht. Oder dass bei bestimmten Windlagen Mengen von Unrat im Wasser schwimmen. Oder dass sich Algen am Ufer sammeln und dass es unangenehm riecht. Oder dass das Wasser von Qual-len bevölkert ist. Oder dass man ewig braucht, um vom Flachwasser ins Tiefe zu kommen. Oder dass es eine starke Strömung besitzt. Das sind alles Dinge, die man erst vor Ort herausbekommt. Das hatten wir alles. Weißt du noch?

Das Meer in unserer Badebucht ist schlicht gesagt wunder-bar. Sooft wir nun hier waren, war es sauber, als wäre es eben gefiltert worden. Keine Plastiktüte schwimmt herum, keine PET-Flasche dümpelt im Wasser, kein von den Schif-fen abgelassener Müll fault in der Bucht. Hier fahren die großen Passagierdampfer oder Containerschiffe nicht ent-lang, die illegal ihren Müll entsorgen und eine Schmutzfah-ne hinter sich herziehen. Selbst nach wilden Stürmen ist das Meer ohne jeden Unrat, ohne Holzteile, Korkreste, abgeris-sene Netze und Tau-Enden, ohne zusammengeschobenes Strandgut und unansehnlichen Dreck-Schaum. Das alles gibt es anderswo. Aber in unserer Bucht ist das Meer blitzsau-ber. Und zwar jedes Jahr, seit wir das erste Mal hier waren.

Unsere Bucht ist von Felsen umgeben. Das mag ich. Raue
Felsufer locken ein anderes Publikum an als lange Sand-
strände, wo Menschen dicht an dicht in der Sonne brutzeln
oder an den Ufern planschen. Hier fehlt der gefällige Sand.
Nur einige Felsplatten fallen sanft zum Meer hin ab, da kann
man sitzen und liegen. Meist ist die Wasserkante zerklüftet
und vom jahrtausendealten Wellenschlag scharf ausgespült,
da ist ein Einsteigen und Herausklettern nicht möglich.
Nur an einer schmalen Stelle, wo vorwiegend Eltern mit
ihren kleinen Kindern baden, ist das Ufer flacher, aber, wiegesagt, nicht sandig, sondern grobkiesig. Deshalb gibt's hier
auch keine Muscheln. Um ins Wasser zu kommen, muss
man Badeschuhe anziehen. Oder man muss über die Leiter
ins Wasser steigen. Manche verzichten auf Schuhe, ich beneide sie. Meine Füße geben das nicht mehr her. Zur Wasserkante führt eine grob betonierte Treppe hinab auf einen
Leitereinstieg zu, vorbei an den auf den Felsen liegenden
Sonnenanbetern, die sich bräunen lassen, bis die Haut auf-
platzt. Ich wundere mich, dass sie nicht hören, wie ihre
Haut schreit. Ich kann es hören. Sie kommen, glaube ich, gar
nicht wegen des Wassers hierher, sondern wegen der Sonne. Oder wahrscheinlicher wegen der Menschen, die hier
langkommen. Sie könnten viel bequemer auch woanders
liegen. Bloß da sieht sie keiner.

Die Bucht öffnet sich nach Nordosten. Nach Osten zu wird
sie von der kleinen vorgelagerten Insel Zečevo geschützt,
nach Norden hin ist es nicht allzu weit bis zur Nachbarinsel
Brač. Vielleicht ist diese eingebettete Lage dafür verant-

wortlich, dass hier das Meer so ungewöhnlich sauber ist
und kein Müll antreibt. Auf der anderen, der Südseite der
Insel, sind die Bedingungen ganz anders. Da geht es ins hohe Meer hinaus. Da kommt viel mehr an. Der Wellengang ist
höher, die Strömungen sind heftiger. Es fehlen die schüt-
zenden Buchten. Man kann dort längst nicht so weit hinausschwimmen.

Das Wasser in unserer Bucht bringt mich zum Schwärmen.
Gut genug für jede Postkarte und jedes Urlaubsfoto schaut
es uns Morgen für Morgen unendlich blaugrün an, wie es
sich gehört. Bereits im Juni, hören wir, erst recht jetzt, im
Juli und August, wärmt es sich angenehm auf und besitzt
immer etwa 23 bis 26 Grad, nach meiner Schätzung. Selbst
nachdem die Bora es durchwühlt hat. Ich habe es nie ge-
messen, aber jedes Mal neu bin ich überrascht – also nach
dem ersten Kälteschock beim Reinspringen –, wie warm das
Wasser ist. Ich merke es auch daran, dass ich sehr lange
schwimmen kann, ohne auszukühlen. Darüber hinaus
kommt es mir so vor, als sei das Wasser besonders weich.
Vielleicht liegt das daran, dass ich nichts anhabe. Dass keine
Kleidung an mir klebt, dass kein Gummiband zerrt, dass ich
mich einfach dem Wasser hingeben kann. Insbesondere
wenn das Meer nur leicht bewegt oder nach längerer Wind-
stille noch unberührt daliegt, fühle ich mich, wie soll ich
sagen, umschmeichelt, mit Liebe empfangen, als schmiegte
es sich an meinen Körper. Ohne Bekleidung fühle mich dem
Wasser näher.

Bisweilen, wenn kaum Wind weht, bilden sich durch die intensive Sonne sehr warme Flecken auf der Oberfläche, die noch von keiner Welle weitergeschoben und mit den tieferen Wasserschichten vermischt wurden, dann nehme ich mitten im großen Meer ein warmes Wannenbad.

Ich steige jeden Tag ins Wasser. Nur wenn der Wind es zu sehr aufwühlt, muss ich darauf verzichten. Am liebsten gehe ich morgens ganz früh schwimmen. Sehr oft liegt das Meer dann noch völlig glatt von der windstillen Nacht, und kein Boot, kein Paddler, kein anderer Schwimmer außer mir beschädigt die Oberfläche. Selten ist ein anderer Frühaufsteher schon vor mir im Wasser. Ich habe die ganze Bucht für mich allein. Das ist, als sei die Natur nur für mich gemacht. Fast immer schwimme ich weit hinaus. In der Ferne braust mal ein Motorboot vorbei oder ein Segler gleitet durch die Wellen. In diesem Teil der Bucht verirrt sich allenfalls mal ein Fischer mit seinem Boot, um die nächtlich ausgelegten Reusen einzuholen. Gelegentlich begegne ich einem Stehpaddler. Allermeist bin ich mutterseelenallein. Dann hänge ich meinen Gedanken nach, lasse die inneren Bilder an mir vorbeiziehen, bedenke den letzten und plane den bevorstehenden Tag oder schreibe an meinem Buch weiter. Meist mache ich erst am anderen Ende der Bucht kehrt, ich weiß gar nicht, wie weit das ist. Wenn ich wieder aufs Land trete, war ich in der Regel anderthalb Stunden oder mehr unterwegs. Ich schwimme zügig, aber nicht schnell, bringe mich nie außer Atem, nur auf den letzten hundert oder zweihundert Metern lege ich manchmal noch einmal zu und tobe mich ein bisschen aus. Im Übrigen sehe ich zu, dass ich mich nicht überanstrenge und immer noch genügend Reserven in mir spüre. Das ist mir wichtig, wenn ich weit draußen in der Bucht und ganz allein bin. Manchmal male ich mir schon aus, was geschähe, wenn ich zum Beispiel plötzlich einen Krampf bekäme. Ich glaube, damit könnte ich umgehen. Ich bin krampferfahren. Anders, wenn mich ein hungriger Hai oder eine wildgewordene Krake anfielen. Aber das soll hier nicht so oft vorkommen.

Ich habe es in meinem Tagebuch immer wieder beschrieben: „Das Meer liegt am frühen Morgen oft völlig ruhig, spiegelglatt, ohne jede Regung und Welle. Heute kann ich ganz früh ins Wasser gehen. Von Viertel nach 6 Uhr, bald nach dem Hellwerden, bis Viertel vor 8 Uhr mache ich eine ausgiebige Schwimmtour weit in die Bucht hinaus. Kein Mensch ist im Wasser. Noch niemand paddelt auf seinem Brett. Es war eine ganz warme Nacht, und ebenso milde meldet sich der Morgen. Einige Schläfer liegen auf den Felsen am Strand und bemerken mich nicht. Eben erreicht sie die Sonne; es wird bald heiß. Noch liegt eine ungetrübte Stille über Land und Wasser. Nur ein paar Möwen jagen sich.
Mit Lust tauche ich nach der schwülen Nacht ins Wasser..
Ich schwimme mit langen Zügen in Brustlage. Meine Brille lasse ich am Ufer. Ohne sie sehe ich die Konturen der Küste nur unscharf. Ganz allein bin ich auf weiter Flur. Ich weiß nicht, ob ich gehört würde, wenn ich hier riefe. Direkt über dem Wasser trägt der Schall weiter als an Land. Es breitet

sich ein ganz eigenes Gefühl in mir aus, ein Gemisch von Aufmerksamkeit auf die Funktionen meines Körpers und Offenheit für das, was mich umgibt. Um mich ist viel Raum, Stille, Frieden. Ich habe Muße, meinen Gedanken nachzuhängen. Manchmal kreischt eine Möwe. Manchmal springen ein paar Fische vor mir aus dem Wasser, zeigen, was sie können. In der Ferne zieht ein Segler vorbei. Seit einigen Tagen begegnet mir auf halber Strecke ein Slowene. Er schwimmt noch eine Bucht weiter als ich, ist wesentlich schneller unterwegs als ich. Wir wechseln einige freundliche Worte. Am Ende der Bucht kehre ich um. Manchmal verlockt es mich, noch weiter zu schwimmen. Aber ich will den Bogen nicht überspannen. Wenn ich dann zurückgekehrt bin und aus dem Wasser steige, weiß ich schon, was ich hinter mir habe."

Nicht immer zeigt sich das Wasser so friedlich. Treibt die Bora das Meer vor sich her, legt es ein ganz anderes Gesicht an den Tag. Dann schäumt es auf, klatscht, kracht, lärmt und tost bedrohlich an die Felsufer. Dann lässt es keinen an sich, auch nicht die Mutigen. Je nachdem gibt es verschiedene Schwierigkeitsgrade. Sind die Wellen zu hoch, dann macht es keinen Spaß, immer nur gegenan zu kämpfen. Dann entstehen auch kräftige Strömungen. Man muss aufpassen, nicht abgetrieben zu werden. Das habe ich einmal erlebt. Ich habe eine Viertelstunde gebraucht, um die letzten 50 Meter an Land zu kommen. Zentimeterweise habe ich mich vorangekämpft. Wenn das Meer nur kleinere Schaumkronen bildet, hält mich das noch nicht vom Schwimmen ab;

dich auch nicht. Dann schwimmen wir weniger weit hinaus. Meist ziehe ich dann meine Schwimmbrille auf und tauche durch die Wellen. Dann ist es gleich, wie hoch sie sind. Ich denke immer: Wasser, ich habe Respekt vor dir und du bist für mich durchaus auch eine Herausforderung. Aber du bist mir auch vertraut. Ich fühle mich sozusagen willkommen. Je stärker der Wellengang desto weniger Menschen trauen sich ins Wasser. Selbst die Ufer-Planscher haben sich dann aufs Trockene geflüchtet. Mich reizen erschwerte Bedingungen. Für mich ist der Kampf mit den Wellen immer auch ein Spiel, eine Herausforderung.

Tauchen und schnorcheln gehören nicht zu meinem Programm, ich habe erschwerte Bedingungen. Das Brillentragen hindert mich. Immer wieder muss ich sie abnehmen, mit Spucke auswischen oder von der Sonne austrocknen lassen. So sehr viel ist aber hier im Wasser auch nicht zu entdecken. Soweit ich es sehen konnte, ist die Zahl der Fische und speziell der größeren überschaubar. Ein paar ganz hübsche blau-schwarz-silberne sehe ich immer wieder in Ufernähe. Manchmal segeln Schwärme von wenig auffälligen jungen Dünnfischen vorüber. Für Schnorchler gibt's nur mäßig viel zu entdecken. Da haben wir Küstengewässer erlebt, etwa das Rote Meer, in denen es von großen bunten Fischen aller Größen nur so wimmelte. Vielleicht ist ihnen hier das Oberflächengewusel der Badenden zuwider, vielleicht auch die Surfer und Brettgleiter, die Luftmatratzenpaddler und Standruderer, vor allem aber die gelegentlich in der Bucht umherdüsenden kleinen Motorboote. Ich könnte das aus Fischperspektive jedenfalls nachvollziehen.

Es gab für mich, eh ich in diesem Jahr das erste Mal ins Wasser stieg, einige Fragezeichen. Was macht mein Körper mit? Wie viel darf ich mir zumuten? Eigentlich war ich durch meine geprellte oder angeknackste Rippe gehandicapt. Der Schmerz hat mich nun schon viele Wochen begleitet, er ist in diesen Ferien manchmal auch heftig aufgelebt. Aber ich bilde mir ein, dass mir und meiner Rippe das Schwimmen guttut. Jedenfalls, nach mehrfacher Rücksprache mit mir, habe ich entschieden, mich in meiner Schwimm-Lust nicht zu zügeln. So wie es mir im letzten Jahr nach der Schulter-OP auch gut getan hat, ins Wasser zu gehen und nach und nach meine Schwimmtouren zu vergrößern. Im Jahr davor hatte ich mit Krämpfen zu kämpfen. Das war manchmal heikel, aber es ist ganz vorbei. Das Schwimmen ist für mich eine tägliche Genugtuung. Wenn ich nach langer Tour zurückkomme und die Leiter hinauf aus dem Wasser klettere, habe ich das Gefühl, einerseits dem Meer, andererseits meinem Körper die nötige Anerkennung gezollt zu haben.

Du liebst das Wasser ebenso wie ich, auch wenn deine Schwimmtouren wesentlich kleiner und kürzer sind. Die Lust am Wasser verbindet uns. Auch du schwimmst gerne in die Bucht hinaus, bleibst nicht, wie die meisten Badenden, in Ufernähe, wo sie ein paar demonstrative Kraulzüge vorführen und bald umkehren. Für viele ist das Meer, scheint mir, bloß ein Planschbecken. Du springst öfter auch zweimal am Tag ins Meer für jeweils eine kürzere Tour. Gelegentlich steigst du sogar spätabends ein drittes Mal hinein. Das ist möglich, weil ein kleiner, vorderer Teil der Bucht nachts mit einer großen Lampe ausgeleuchtet wird. Du hast schon immer einen gewissen Hang zu solchen verrückten Sachen gehabt. Mich reizt das nicht. Einerseits sehe ich nicht genug, andererseits brauche ich die Wärme der Sonne, wenn ich aus dem Wasser steige. Gelegentlich, wenn eine windige Nacht das Wasser aufgewühlt hat und ich abwarte, dass es sich beruhigt oder bis die Sonne wärmer geworden ist, gehen wir erst am Nachmittag ins Wasser. Dann lässt du dich von mir anstecken und schwimmst ein bisschen weiter als sonst. Wir zockeln nebeneinander durchs Wasser und klönen über dies und das, erleben ungestörte Zweisamkeit allein irgendwo draußen in der Bucht. Für mich sind das intime Momente. Manchmal halten wir an, nehmen uns in den Arm, genießen die nackte Haut. Irgendwann wird es Zeit für dich zum Umkehren, dann wird es dir zu weit. Dann kann es ein, dass wir uns trennen, dass ich noch einmal einen anderen Gang einlege, noch ein gute Strecke weiter hinauspflüge und dann meinen ganzen Ehrgeiz daran setze, dich, eh du aus dem Wasser steigst, noch wieder einzuholen.

Ach, das Meer. Es fehlt mir zu Hause.

Verlorene und gewonnene Spiele

Urlaub ist ein Zauberwort. Das ganze Jahr freuen wir uns darauf. Urlaub, das heißt: aus der gewohnten Mühle aussteigen, anders leben als sonst. Dinge machen, die man sonst nicht macht. Zeithaben für Lust und Laune, insbesondere für Sachen, die man auch lassen könnte, die keinem Erwerbs-Zweck dienen, die man nicht abrechnen muss. Zum Beispiel spielen.

Das Spielen passt nicht in einen durchgetakteten Alltag, in den Ernst des Lebens. Man spielt vielleicht noch mit den Kindern. Aber der Erwachsene erlaubt sich selten Zeit fürs Spielen. Er treibt vielleicht Sport. Er geht auf den Fußballplatz oder setzt sich an den Fernseher und schaut anderen beim Spielen zu (für die das Spielen allerdings harte Arbeit ist). Oder er „spielt" Lotto. Ein spontaner Zugang zum Spielen, wie ihn Kinder alle einmal kannten, ist den Erwachsenen fremd geworden. Umso mehr praktizieren sie indirekte oder versteckte Spielformen. Zum Beispiel liegen sie auf dem Bett und hören Musik. Oder schauen sich Rateshows im Fernsehen an. Oder sie lösen Kreuzworträtsel. Oder sie spielen nächtlich-einsam am Computer. Es sind verdeckte Spielformen. Sie dienen dem Zeitvertreib. Sie zeigen an, dass jemandem etwas fehlt, dass etwas Wichtiges im Leben zu kurz kommt.

Viele Erwachsene, und ich nehme uns, dich und mich, nicht aus, jedenfalls nicht gänzlich, haben verlernt zu spielen.

Vielleicht denken sie, denken wir, wir müssten, wenn wir
groß geworden sind, immer Gewinner sein, möchten nicht
gern verlieren. Aber wir haben nicht Spiele verloren, sondern das Spielen selbst. Ich frage mich: Welche Rolle spielt
Spielen in meinem Leben? Wo, wie, durch was und warum
ist mir selbst das Spielen fremd geworden oder entglitten?

Spielen ist unverzwecktes Tun. Kindern gestehen wir das
zu. Kinder tun das einfach. Gewiss, spielen ist auch lernen,
ist probe-leben, bedeutet sich vorzubereiten auf Ernst-
Situationen. Spielen ist sozusagen pädagogisch wichtig.
Aber spielen ist noch viel mehr. Es hat seinen Wert in sich
selbst, es ist Ausdruck von Lebensfreude, von Freiheit, von
Kreativ-Sein und sich dem, was gerade kommt, überlassen.
Deshalb erlauben wir es uns meist nur im Urlaub. Es hat
etwas Anarchisches und Unvorhersehbares an sich. Ange-
passten Menschen macht das Angst.
Aber ist das nicht verrückt? Das ganze Jahr freuen wir uns
darauf, im Urlaub ein anderes Leben zu leben, weil wir wissen und ganz genau spüren, wie wichtig dieser Spiel-Raum
für uns ist. Aber wir gönnen uns ihn nur im Urlaub. Wir
verbannen das Unverzweckte in die Nische namens Urlaub.
Für ein paar Wochen darf dann sein, was sonst keine Be-
rechtigung hat, dem wir sonst keinen Platz einräumen, jedenfalls nicht genug Platz.
Was uns beide und das Spielen im engeren Sinne angeht,
spielen wir gern. Oft haben wir in der Familie gespielt, wie
du ja weißt. Immer noch setzen wir uns ab und an mit den

Kindern zum Spielen zusammen, obwohl sie längst erwachsen sind. Aber zu selten. Leider.

Im Urlaub haben wir zwei Favoriten: Boule und BrändiDog. Manchmal spielen wir es zu zweit, manchmal gewinnen wir auch andere dazu und spielen zu mehreren. Wir würden vielleicht auch gern Doppelkopf spielen, aber wir haben noch keine Partner gefunden. Auch noch andere Spiele stünden auf meiner Wunschliste, Schach etwa oder Go oder Back Gammon, vielleicht auch andere Kartenspiele, aber dazu kann ich dich nicht erwärmen. Immerhin „spiele" ich" Gitarre. Und du hast deine Flöte dabei.

Im weiteren Sinne gibt es allerdings noch alles mögliche Andere, was uns guttut, weil es nicht sein muss, sondern sein darf, was der Lust folgt und nicht dem Zwang, das aus dem Freiheitsgeist des Spielens wächst, etwa zu schwimmen, mit dem Rad zu fahren, zu wandern, durch einen Ort zu schlendern, Eis zu essen, in der Hängematte zu liegen, in den Himmel zu gucken, ein schönes Buch zu lesen, zu kochen, essen zu gehen, sich zu verabreden. So gesehen ist vieles, was wir im Urlaub tun, Spiel. Im weiteren Sinne. Vielleicht muss man dieser Liste im Einzelnen noch mehr auf den Zahn fühlen. Aber immerhin. Doch warum nur im Urlaub?

Kann man Alltag leben, als wäre es ein Spiel? Was es heißt, zu spielen, lehren uns Kinder. Das Spiel hat wunderbare Seiten. Es entsteht spontan aus Möglichkeit und Einfall, aus Lust und Begeisterung, aus Jux und Tollerei. Es erzeugt Spannung, es schafft Verbindung und braucht immer Freiwilligkeit. Zugleich wird es von Regeln eingegrenzt, die aber grundsätzlich freiwillig eingehalten werden. In all diesen Merkmalen ist das Spiel der genaue Antipode der Pflicht. Das Spiel kann auch unter unpassenden Umständen aufkommen; überall hat es Platz. Für alles das sind Kinder prädestiniert, weil sie noch nicht prädisponiert sind, weil sie noch offen sind für das, was ist und kommt.

Kinder spielen überall. Sie brauchen, um spielen zu können, keinen Urlaub. Mit Kindern in Urlaub zu fahren und Orte zu wählen, an denen sie spielen können, ist widersinnig. Sie spielen, gleich wo sie sind. Für Kinder ist in Urlaub zu fahren eher Stress, allein schon der Reise wegen.

Es sind die Erwachsenen, die den Urlaub brauchen. Sie haben den Spiel-Raum verloren und wollen ihn im Urlaub ein bisschen zurückholen. Wenn Erwachsene spielen: ist das nicht wie die Suche nach dem verlorenen Glück? Ich habe Zweifel, ob einige Tage Urlaub die Kraft entfalten, nach dem Glück zu greifen. Was jemand sich im Urlaub erspielt, ist nur selten nachhaltig. Vielleicht beschert es ihm ein Glücklichsein für ein paar Tage. Aber dann landet er wieder, wo er war.

Wer so das Glück außer Hauses sucht, läuft Gefahr, sich zu verzocken. Er könnte dem falschen Leben auf den Leim gehen. Im Grunde zeigt ihm der Urlaub nur an: Ich lebe defizitär. Wie soll denn ein bisschen richtiges Leben das sonst falsche Leben verändern oder gar aufwiegen? Es hat ja Gründe, warum es so schwer ist, anders zu leben. Haben wir, habe ich zu hohe Ansprüche? Ist ein „spielerisches Leben" nur eine Fata Morgana?

Ich habe das Gefühl, ich lande mit diesem Kapitel in einer
Sackgasse. Ich wollte doch ein Loblied singen auf das ungezwungene Spielen, auf den Urlaub, wo man mal alle Verzweckung und Hektik der business-Welt hinter sich lassen
kann, um daraus Kraft zu schöpfen für einen besseren Um-
gang mit sich selbst, Anschwung zu nehmen für mehr Spaß
im Leben. Kommt wirklich nicht mehr dabei heraus als ein
paar Tage Luftholen?
Vielleicht muss ich das Thema persönlicher, kleinschrittiger
angehen. Unbestreitbar ist: In aller Regel definieren die
Menschen ihren Alltag von seinen Aufgaben und Pflichten
her. Da bilde ich keine Ausnahme. Und ich glaube, du auch
nicht. So greift nun mal der berühmte Ernst des Lebens
nach uns. Pausen, unnötige Dinge tun, Spielen, Lust haben,
das hat nur dort Raum, wo die Arbeit getan ist. Oder wo wir
es zum Verschnaufen unbedingt brauchen. Wann wir nicht
mehr können, zeigt uns unser Körper. Wir machen schlapp.
Wir werden krank. Wir setzen Fett an. Wir trinken zu viel
Alkohol. Schlucken Tabletten. Wir kriegen Kopfschmerzen.
Wir schwächeln mit dem Herzen. Wir verknacksen uns eine
Rippe. Wir haben's an der Hüfte, im Kreuz, an der Band-
scheibe. Wir tun einen Fehltritt, zerreißen uns die Bänder.
Das eine oder andere davon trifft auch auf uns zu oder es
kann uns plötzlich ereilen.
Unbestreitbar ist auch: Das Spielerische, bei dem das Leben
keinen Absichten und Aufgaben folgt, das nicht verplant ist,
das nicht auf Geldverdienen, Zeitersparnis, Effektivität aus
ist, hat im Leben der meisten Erwachsenen nur einen

Randplatz, wird bestenfalls geduldet. Und auch da bilde ich, bilden wir keine Ausnahme.

Also wie ist das jetzt mit mir? Wie viel Raum darf das Unverzweckte, das Spiel in meinem eigenen Leben haben? Und wenn du willst, frag es dich auch.

Wir genießen das Privileg, Rentner zu sein. Wir haben die Jahre der Erwerbsarbeit hinter uns. Freuen sich nicht viele genau deshalb auf die Rente, weil sie dann die Beine hochlegen und das Leben genießen können? Jetzt kann endlich das unbekümmerte Leben losgehen! Wie geht Rentnerleben? Das Auskommen ist geregelt. Wo hätte man sich noch zu bewähren? Wie sollten mich irgendwelche Ziele fremdbestimmen? Bin ich nicht frei? Kann ich nicht tun, was ich will? Aufstehen und ins Bett gehen, wann es mir passt? Mir meinen Tag einteilen, wie ich will? Wer oder was sollte mich nötigen, mein Leben zweckvoll, effektiv, erfolgreich und zielorientiert zu regeln – wenn nicht ich selbst? Ich könnte doch den ganzen Tag lang spielen, Spaß haben, feiern, mir Gutes tun! Ich könnte haltlos dem Lustprinzip folgen! Wozu brauche ich Urlaub?

Das klingt schön. Ich sage mir die Gegenargumente schon selber. Sie dröhnen mir fast im Ohr. So einfach ist das nicht. Nicht nur, dass man nicht einfach aus dem fahrenden Zug springen kann. Man muss leider auch weiterfahren. Auf vielerlei Weise stecke ich im System. Um viele Vereinbarungen und Absprachen, Pflichten und Obliegenheiten, nötige Verrichtungen, wiederkehrende Aufgaben, Besorgungen und Erledigungen komme ich nicht herum. Das liegt auf der Hand. Es sei denn, es nähme mir jemand das alles ab – von

dem ich dann abhängig wäre. Außerdem wäre das eine einfache Problemverschiebung. Was ich nicht will, halse ich
einem anderen an. Ich kann nicht aussteigen, und, genau
betrachtet, ich will es auch gar nicht. Das normale Leben
steckt mir äußerliche Rahmen und ist innerlich mein Stütz-
korsett. Das kann ich nicht einfach abstreifen. Die Lage ist
bei näherem Zusehen kompliziert.

Und trotzdem befürchte ich, dass mich die Verzweckung
des Lebens zu sehr im Griff hat, mehr als sein müsste. Dass
ich noch in zu vielen Bereichen nach dem alten Modus der
time-is-money-Ideologie lebe.

In meinem Berufsleben habe ich von Anfang an versucht,
Beruf und Neigung einander so weit wie möglich anzunä-
hern. Sie deckungsgleich zu bekommen, halte ich für unmöglich. Aber ich habe mir mehrmals Auszeiten genommen.
Das war nötig und richtungweisend für meine Entwicklung.
Aber zugleich beherrschen mich Pflichtgefühle und Fremd-
erwartungen, ich glaube, mehr als mir gut tun. Ich frage
mich: Wie spielerisch, offen, kreativ, lustvoll und frei ist
meine Welt? Und jetzt konkret: Kann meine und unsere Art,
unsern Urlaub zu gestalten, dazu mithelfen, mich auf neue
Wege zu setzen?

Viele Fragen, komplizierte Problemfelder, vielschichtige
Aspekte, wenig sichere Antworten. Natürlich haben wir
längst unsere gängigen Antworten. Mach dich mit mir daran, sie noch einmal neu anzugehen, sie noch einmal umzu-
drehen und von der anderen Seite zu betrachten und dabei
nichts als gegeben hinzunehmen. Ich möchte mir Mut machen und dich dafür gewinnen, Neues auszuprobieren. Weil

ich jung bleiben möchte im Kopf und im Herzen, weil ich
noch spielen möchte, weil ich glaube, dass mich und dich
genau das lebendig hält.

Bin ich glücklich? Ist genug Leben in meinem Leben? In
welchem Verhältnis stehen bei mir Pflichten und Spaß, Arbeit und Erholung, Lust und Zwang? Was ist mit alten Verletzungen wie Fersensporn und Schulteroperationen? Was
ist mit altersmäßigen Abnutzungserscheinungen, Knien,
Rücken, vor allem meinen Augen? Da gibt es offene Fragen.
Und jetzt vielleicht auch du, meine Liebe. Wie geht es dir
mit dir selbst? Mit welchen Augen betrachtest du dein Leben? Was macht dich zufrieden, was unzufrieden? Bewegt
dich auch, was mich bewegt? Ist es dir eine Frage, welche
Rolle das Spielen, die Freude, die Leichtigkeit, die Lebenslust in deinem Leben einnehmen? Gibt es genügend „Spiel-
Raum" in deinem Leben? Welche von deinen Pflicht-
Anteilen gehören abgeschafft, eh sie dich abschaffen? Wie
viel Muße gönnst du dir? Echte Muße, nicht das erschöpfte
Ins-Bett-Sinken oder manchmal Vor-dem-Fernseher-Ein-
schlafen. Ich meine die Muße der Freiheit, des
Unverplanten, der wachen Beschwingtheit, der Hängematte.
Ich wünsche mir, dass wir uns gegenseitig unterstützten,
darauf gute Antworten zu finden. Ich wünsche mir, dass
wir, wo immer möglich, beflügelt lebten. Dass wir uns ani-
mierten und anstachelten, frisch zu bleiben an Körper, Geist
und Seele.

Darum schreibe ich dies Kapitel über das Spielen.

Bücher? Bücher!

Urlaubszeit ist Lesezeit. Wer was auf sich hält, nimmt Bücher mit auf die Reise. Jedenfalls gilt das für mich. Ich war schon immer ein Lese-Freak, ein Bücherwurm. Ich ernähre mich von Büchern. Ich brauche Bücher um mich. Andere kommen nicht ohne Kaffee über den Tag oder hängen an ihrer Zigarette. Bei mir ist es Literatur, vorwiegend Bücher, aber auch Zeitschriften und Zeitungen.

In unserer Wohnung sprechen die Wände Bände. Ich weiß, manche, die uns besuchen, fühlen sich davon bedrängt. Für mich ist es umgekehrt: Bücher öffnen mich, beflügeln mich, führen mich ins Weite. Bücher sind meine Verbindung in eine andere Welt, die nicht von realen Pflichten und Zwängen beherrscht ist. Ich schaue mit Lust und Wohlbehagen auf die vollgestopften Regale. Bücher schauen mich an wie Freunde, wie Verbündete. Die meisten von ihnen habe ich gelesen, jedenfalls was die Belletristik angeht, abgesehen von den Gesamtausgaben. Bei den Sachbüchern ist das anders. Einige habe durchgeackert. Aber es gibt auch nicht wenige, die habe ich gekauft, weil ich das Thema wichtig fand und habe sie dann nur diagonal durcheilt. Auch eine mit der Zeit angewachsene Poesie-Abteilung habe ich mir zugelegt. Die liebe ich besonders. Gedichte nehme ich oft zur Hand, lese noch einmal nach und entdecke immer wieder Neues.

In unserm Hause gibt es außer dem Windfang, der Waschküche und der Sauna keinen Raum, in dem nicht Bücher oder Zeitschriften zu finden wären. Das bezieht namentlich die Flure, die Küche, den Werkraum und die Veranda mit ein. Und es gilt auch für die Toiletten. Meine Sitzungen können sich in die Länge ziehen. Schon als Kind habe ich, abgeschirmt von allen Pflichten und Erwartungen, viel Zeit auf diesem Orte verbracht, lesend.

Manche leben mit Hunden oder Katzen. Ich lebe mit Büchern. Wer mit mir zu tun hat, sollte das wissen. Was Bücher angeht, bin ich ganz gut ausgestattet. Inzwischen bekomme ich immer seltener Bücher geschenkt. Die Freunde können einfach nicht sicher sein, dass ich das Buch nicht schon habe.

Ich habe früh mit dem Lesen angefangen. Lesen war mein Refugium vor den Zugriffen meines Vaters. Das Lesen hat er mir nicht verboten. Bücher haben mich lange begleitet: Robinson, Die Schatzinsel, der gesamte Karl May, Gullivers Reisen, Tom Sawyer und Huckleberry Finn, Emil und die Detektive, Grimms Märchen und so fort. Die meisten von ihnen habe ich vielmals gelesen, bis ich sie fast auswendig konnte. In der Schule war Deutsch mein Lieblingsfach. Ich liebe die Sprache. Ich liebe dicke Bücher. Bis heute komme ich an Buchläden selten ungeschoren vorbei. Muss ich damit rechnen, dass ich irgendwo länger warten muss, etwa bei Arztbesuchen, habe ich ein Buch dabei. Und ein Urlaub ohne Bücher – das ginge gar nicht.

Ehe ich konkret in den Urlaub aufbreche, freue ich mich schon lange auf die ungestörte Zeit zum Lesen. Aber da beginnt auch mein Dilemma. Vor dem Wegfahren gehört es zu den schwierigsten Aktionen, mich zu entscheiden, welche Bücher ich dieses Mal mitnehmen möchte, was und wie viel ich lesen will. Da liegen zu Hause etliche Möglichkeiten auf Halde. Lauter interessante Bücher. Es gibt einfach viel zu viele gute Bücher. Jedes Jahr kommen neue, wundervolle Bücher dazu. Mein Leben reicht nicht hin, um auch nur einen Bruchteil dessen zu lesen, was ich interessant finde. Meine Regale quellen über. Jedes Jahr stehe ich vor demselben Problem: Ich muss aussortieren, weil kein Platz ist für neue Bücher. Das ist immer, als hackte ich mir was ab. Also zögere ich es hinaus und schichte die neuen erst einmal auf ein Extraregal. Da türmen sie sich, bis sie ins Wackeln geraten.

Wenn ich in Urlaub fahre, muss ich Entscheidungen treffen. Dazu lege ich verschiedene Stapel an. Auf den einen kommt Gebrauchsliteratur wie zum Bespiel meine gesammelten, in verschiedenen dicken Ordnern zusammengehefteten Liederbücher, außerdem etwa Spielbücher, Reiseführer, Lexika, Blumenbestimmungsbücher und dergleichen. Auf den nächsten Stapel kommen Sachbücher, die ich brauche, wenn ich gerade an etwas arbeite oder mich mit einem Thema auseinandersetzen will, wissenschaftliche, gesellschaftspolitische, therapeutische, philosophische oder theologische Literatur oder auch aus andern Wissensgebieten. Oft nehme ich auch einen oder zwei der neuesten Bestseller mit. Sodann gibt es einen Stapel mit Romanen. Im Urlaub soll es was Besonderes sein. Möglichst was literarisch Hochwertiges. Und was besonders Anregendes. Auch vielleicht ein oder zwei gute Krimis. Es müssen einige dünnere Bücher dabei sein, für zwischendurch, die man an einem oder in zwei Tagen verschlingen kann, aber auch Wälzer, in denen ich mich verlieren kann, an denen ich eventuell eine Woche lese. Unter einem halben Dutzend Bücher aus dem Bereich „Schöne Literatur" mache ich es nicht im Urlaub. Weiter gibt es den Stapel mit verschiedenen Gedichtbänden. Die Poesie lasse ich nie weg. Gedichte sind meine Seelenfänger, meine Herzwärmer. Sie regen mich selbst zum Schreiben an. Meine in Leder eingeschlagene, angefledder-te Bibel gehört auch dazu. Und schließlich nehme ich noch einige von meinen selbst geschriebenen Büchern mit, zum Verschenken und vorlesen, man weiß ja nie.

Und dann kommt eben das dicke Ende. Am Ende muss ich angesichts begrenzter Platzmöglichkeiten die Stapel reduzieren. Das ist hart. Ich kann mich längere Zeit damit aufhalten. Wie verteile ich die Gewichte zwischen Sachbüchern und Belletristik? Zwischen Poesie und Gebrauchsliteratur? Bücher brauchen Platz und sind schwer. Das ist ein heimlicher Grund, warum wir uns ein Reisemobil angeschafft haben.

Die ganze Aktion wäre nämlich nicht möglich, wenn wir nicht mit dem Camper unterwegs wären. Da haben wir entsprechende Staufächer und vor allem überm Bett ein anderthalb Meter langes Regal, das man speziell für Bücher nutzen kann. Die Hälfte des Platzes steht mir zu. Ich versuche sie ein wenig auszudehnen. Ich schöpfe alle Möglichkeiten aus, quetsche meine Bücher dicht zusammen, feilsche mit mir um jedes Buch.

Das Problem kennst du übrigens auch. Wenn ich dann überlege, na, was könnte ich jetzt lesen, worauf habe ich Lust?, brauche ich das Gefühl der Auswahl. Wenn ich nach dem nächsten Buch greife, muss ich aus einem Pool von Möglichkeiten schöpfen können.

Ich weiß, dass ich damit aus der Zeit falle. Heute nimmt man einen E-Book-Reader, einen Kindle oder tolino mit auf Reisen. Aber ich bekenne mich zum traditionellen Buch. Ich brauche, wenn ich lese, was Handfestes in der Hand, etwas, in dem ich blättern und mir merken kann, auf welcher Seite, oben, in der Mitte oder unten, rechts oder links, etwas stand, was mir wichtig ist. Ich muss an dem eingelegten Lesezeichen erkennen können, wie weit ich gekommen bin. Ich möchte manchmal auch was unterstreichen oder an den Rand schreiben, vor allem bei Sachbüchern. Für E-Books, die sicherlich auf Flugreisen sinnvoll sind, weil sie so schön leicht und handlich und auch gleich noch von innen beleuchtet sind, wo man außerdem die Schriftgröße einstellen kann, lauter tolle Dinge, kann ich mich einfach nicht erwärmen. Außerdem ist die Literatur, die ich mitnehmen möchte, oft per E-Book nicht oder nur schwer zu bekommen.

Bislang kommen Bücher nicht aus der Mode. Immer mal wieder gab und gibt es Befürchtungen, das Zeitalter der Bücher könnte zu Ende gehen. Die Verkaufszahlen bestätigen das nicht. Für mich weiß ich, warum. Das Buch hat etwas Sinnliches. Das kann mir kein E-Book bieten. Und ich bin mir sicher: Solange es solche Menschen gibt wie mich (und dich), wird es Bücher geben. Im Urlaub kriegen die Bücher freie Fahrt.

So gern ich lese: im Alltag haben Bücher mehr Mühe, ihren Platz zu bekommen. Da gibt es die tägliche Informationsflut über das Radio und das Fernsehen, da gibt es die Tages- und Wochenzeitungen, außerdem zahlreiche Zeitschriften, nicht bedacht die tägliche Prospektinvasion. Vor allem ist das Fernsehen ein übermächtiger Konkurrent, bei mir und uns vor allem an den Abenden. Streckenweise kann ich mich ihm nur schwer entziehen. Dauernd verlockt es mich mit irgendwelchen politischen Wichtigkeiten, Aufregendem und Wissenswertem, aber ebenso spannenden Belanglosig- keiten wie etwa Fußball oder Krimis. Es stopft mir den Kopf zu, verkleistert mir die Sinne, fühlt sich manchmal an, als würde es mich wie Krebs von innen auffressen. Ich spüre es, aber lasse mich trotzdem ein. Das Fernsehen ist gefräßig. Es stiehlt den Büchern den Raum. Es frisst meine Zeit.
In den vergangenen Jahren habe ich allerdings fürs Bücher- lesen eine zusätzliche Nische entdeckt: in den Wartezim- mern der Arztpraxen. Wenn man älter wird, verbringt man, darüber gibt es Untersuchungen, immer mehr Zeit in War- tezimmern. Darüber kann man sich ärgern. Mir ist es gleich. Immer habe ich ein Buch dabei. Besonders in der Augenkli- nik, wo ich oft lange warten muss, habe ich etliche Bücher gelesen, überwiegend Sachbücher. Belletristik verträgt es nicht, immer wieder unterbrochen zu werden. Dazu braucht

man nicht bedrängte, kontinuierliche Zeit. Man braucht Urlaub.

Also nun haben wir Urlaub. Jetzt ist Lesezeit. Das versteht sich von selbst. Lesen geht nicht ohne Muße. Zum Lesen, ich will sagen, zum genussvollen Lesen, braucht der Mensch Ungestörtheit und offene Sinne. Du setzt dich in den gepolsterten Stuhl oder machst es dir in der Liege bequem, du wählst einen friedlichen, schattigen Platz, stellst dir einen Becher kühles Wasser daneben oder, wenn es auf den Abend zugeht, ein Glas Rotwein, du legst dir das Buch augengerecht auf ein Kissen, achtest darauf, dass dich die Sonne nicht blendet, lässt dich fangen von den aufkommenden Bildern, lässt dich forttragen von Einfällen und Vorstellungen, die das Buch in dir wachruft, setzt es dann manchmal ab, um über die eine oder andere Stelle nachzusinnen, blätterst noch einmal zurück und träumst deine eigenen Geschichten. Wenn wir lesen, malen wir uns eigene Bilder, lassen der Phantasie ihren Lauf, lassen uns mitnehmen in andere Welten. Manchmal tauche ich für Stunden, manchmal für Tage ab. Auch du liest gern, wenn auch in der Regel nicht so inflationär wie ich. Gelegentlich hält einer von uns inne und erzählt dem andern, was er liest. Das ist wie ein Unterstreichen und Abspeichern dessen, was einen bewegt. Ich genieße das.

Bist du mir bis hierher gefolgt und singst du nun mit mir zusammen das Hohelied der Bücher? Dann musst du noch wissen: Das Ende vom Liede ist, dass es meinem Lesehunger regelmäßig geht wie dem echten. Meine Augen sind weitaus größer als der Magen. Am Ende vertilge ich doch allenfalls die Hälfte oder ein Drittel der mühsam ausgewählten Lesefrüchte. Es gibt halt zu viele schöne Dinge im Urlaub, die mich locken, von denen ich schon erzählt habe und noch erzählen werde.

Es gibt aber noch eine andere, viel gravierendere Beschränkung für meine Lust am Bücher*lesen*, eine mächtige Konkurrenz, gegen die schwer anzukommen ist. Das ist meine Lust am Bücher*schreiben*. So animierend das Lesen für mich ist. Noch mehr reizt mich das Schreiben. Das hat eine lange Geschichte. Schon seit meiner Jugendzeit schreibe ich Tagebuch. Zeit meines Lebens ist das Tagebuch mein ständiger Begleiter. Bereits in der Gymnasialzeit habe ich viel und gern geschrieben. Im Laufe vieler Jahre sind zahlreiche Texte entstanden. Aber erst mit dem Eintritt in die Rente habe ich die Spielräume gefunden, daraus fertige Bücher zu machen. Das war dann wie ein Dammbruch. Seitdem schreibe ich nun, besonders in den Urlaubswochen. Seitdem reise ich nie ohne Laptop. Ein Buch hat sich aus dem anderen ergeben. Im Urlaub komme ich in Fahrt, dann fließt und sprudelt es aus mir. Nichts lenkt mich ab. Das Camperleben, die gemächliche Tagesgestaltung, das herrliche Sommerwetter: das alles empfinde ich als ideal. In den letzten Jahren ist, wenn wir zum Urlaub auf diese Insel kamen, immer ein Buch entstanden. So auch dieses Jahr. Das Bücherschreiben beflügelt mich. Es fordert mir das Beste ab. Es hält mich geistig jung.

Allerdings höre ich auch die mahnenden Worte im *Prediger Salomo* (12,12): „Und ferner noch: Mein Sohn, lass dich warnen! Des vielen Büchermachens ist kein Ende, und vieles Studieren ermüdet den Leib."

Denn vielmals saß ich am PC und schrieb, bei Tag und bei Nacht. Es waren und sind Zeiten, in denen ich mich in mich selbst zurückziehe. Dann bin ich für dich nur bedingt ansprechbar. Das kann auch unkommunikativ sein. Allerdings hast du einen erheblichen Teil meiner Schreibarbeiten gar nicht mitbekommen, wenn ich in der Nacht am PC saß. Ich denke dann, das passt schon. Und ich gebe zu bedenken: Wenn ich am Tag schrieb, hattest du von mir Ruhe, von meinem Redebedürfnis, von meinen Aktivitätsschüben, konntest deinerseits lesen oder telefonieren, SMSn schreiben oder ins Internet gehen. Oder auch lesen.

Ich glaube, wir beide haben uns gut arrangiert. Trotzdem, wenn mich einer Tag für Tag und eventuell auch noch nachts hier vorm Camper sitzen sieht, in die Tasten greifend und über den Laptop gebeugt, hat er sich vermutlich irgendwann schon gefragt: Was macht der da? Muss der arme Kerl trotz Urlaub arbeiten? Oder surft er im Internet? Ist er vielleicht spielsüchtig? Schaut er sich Filme an? Vielleicht, hehe, Pornos? Ich schnappe die fragenden Blicke auf. Dann denke ich: Jaja, das möchtet ihr gern wissen! Nur wenige trauen sich zu fragen. Wenn sie erst einmal herausbekommen, dass ich Bücher schreibe, sind die meisten voller Achtung: „Oh toll", und manche trauen sich mehr: „Darf man fragen, was du schreibst?", und dann können sich schöne Gespräche und Kontakte ergeben. Als ich an meinem Buch über meine Kindheit schrieb, gab es viel Interesse daran bei anderen. Deshalb haben wir zweimal eine Lesung auf dem Platz organisiert, abends, bei Rotwein und Kerzenschein, und sind dann immer in sehr anregenden und persönlichen Gesprächen gelandet. Das waren stimmige Momente.

Ist das Bücherschreiben Arbeit? Ich sage: Für mich ist es Lust. Von außen betrachtet sieht das Bücherschreiben vielleicht aus wie Arbeit, wie Pflicht. Ich glaube schon, dass die meisten Menschen, für die in den Urlaub zu fahren heißt, in der Sonne zu liegen oder auch mal ein Buch zu lesen, das Bücherschreiben als Arbeit empfinden. Für mich ist es ein Vergnügen. Es macht mir Spaß, mich schreibend mit einem Thema auseinanderzusetzen, meine Gedanken zu ordnen und auf den Punkt zu bringen. Ich feile bisweilen an Worten und Sätzen, weil es mich befriedigt, nein, glücklich macht. Ein treffend formulierter Gedanke trägt seinen Lohn in sich selbst. Alle meine Bücher habe ich zunächst nur für mich geschrieben. In erster Linie sind sie Selbstgespräche. In zweiter Hinsicht gebe ich mich mit ihnen zu erkennen. Erst in dritter Hinsicht will ich auch eine Botschaft weitergeben. Allenfalls dann könnte sich ein Schuss Pflicht und Arbeit beimengen.

Während ich meine Texte schrieb, saßest du oft ebenfalls an deinem Laptop und hast Emails gelesen und beantwortet, auch mit dem Handy Nachrichten verschickt oder telefo-

niert. Nur nachts haben sich unsere Wege getrennt. Ich hör-
te deine regelmäßigen Atemzüge durch die offene
Campertür, gelegentlich auch mal einen Schnaufer, und saß
draußen am Tisch, die Tastatur von einer Leselampe beleuchtet, umgeben von der Nacht, aber eingetaucht in meine
luzide Parallelwelt. Nachts bin ich fast immer besonders
produktiv und kreativ. Ich kann sagen: Das sind erfüllte
Stunden.
Öfter habe ich dir vorgelesen, was ich produziert hatte.
Manchmal willst du auch Passagen aus meinem Tagebuch
hören. Einige Bücher sind gar nicht denkbar ohne deine
spontanen Bemerkungen. Deine Reaktion und deine Kom-
mentare haben mich dann oft zu Korrekturen veranlasst.
Ich hätte mir manchmal noch mehr davon gewünscht. Ich
weiß es zu schätzen, dass du dich auf meine Welt einlässt.
Schon das Lesen, mehr aber noch das Schreiben ist wie ein
Gang in eine andere Wirklichkeit. Das gilt selbst noch für
Trivialliteratur, Comics, Krimis, Schlichtromane. Umso
mehr für Literatur mit Anspruch. Und noch mehr für Selbst-
geschriebenes. Teilweise versinke ich, bekomme nur halb
mit, was um mich herum geschieht.

Auch dieses Buch ist ein Urlaubskind. Es durchlief eine zü-
gige Schwangerschaft und wurde trotzdem kräftiger als
geplant. Ich stand unter Druck, musste rechtzeitig fertig-
werden, um es noch vor deinem Geburtstag drucken zu lassen. Es hat alles geklappt. Gut drei Wochen habe ich daran
geschrieben. Du hast nicht mitbekommen, an was ich so
intensiv arbeitete. Du kennst das ja von mir. Wenn du mal

nachfragtest, an was ich gerade schreibe, habe ich geflunkert: „Ich trage Tagebuch nach", oder „Ich sitze an meinem Buch". Das war ja nicht völlig falsch. „Ich lese es dir später vor", habe ich dich vertröstet. Das stimmte ja. Und ich wusste, dass du Überraschungen liebst.

Was für ein Land

Als Kind wohnten wir sehr beengt. In den letzten Kriegs-
und ersten Nachkriegsjahren hat sich unsere Familie
durchgeschlagen. Wir hausten zu fünft in zwei Zimmern.
Wir waren Einfachheit und Enge gewohnt. Urlaub war für
uns ein Fremdwort bis ich aus dem Hause war. Aber eins
war wunderschön: unsere sonntäglichen Ausflüge in die
Umgebung, zu den Gleichen, zum Seeburger See, zur Burg
Niedeck, dazu das Broteschmieren, das Beeren- und
Pilzesammeln, das Blumenpflücken, das Wanderstock-
Schnitzen, das Einkehren im Eichenkrug. Es waren herrliche
Wanderungen durch eine damals noch intakte Natur.

Ausflug ist ein Zauberwort aus Kindertagen, das die Augen
zum Glänzen brachte und rote Backen machte, eine Wundertüte voller Überraschungen und Aufregungen. Ich glaube, ein wenig von diesem Glanz besitzt das Wort für mich
immer noch. Zwar machen wir uns einen Plan, schauen uns
auf der Karte an, wohin es gehen soll, aber das kann sich
ändern. Wie in Kindertagen bedeutet Ausflug für mich immer noch ein bisschen, ins Ungewisse zu starten, offen zu
sein für Zufälliges und Unvorhergesehenes, plötzliche Entscheidungen zu treffen, loszufahren und dann mal zu sehen,
was kommt.
Machen wir einen Ausflug, dann fliegen wir aus. Wir ver-
wandeln uns in Vögel. Wir wissen noch nicht wirklich, wo

wir landen. Aber wir lassen das Enge zurück, steigen auf und gehen auf Entdeckung.

Schon unser Urlaub insgesamt ist ein Ausflug; ein Ausflug im Urlaub umso mehr. Unsere Urlaubs-Ausflüge sind für mich neben dem Schwimmen und dem Essenkochen ein unverzichtbarer Bestandteil unseres Tages. Bisweilen sind wir gewandert, allerdings hat die Hitze uns Grenzen gesteckt. In den ersten Jahren sind wir auch mal mit dem Camper herumgefahren. Aber das ist umständlich. Man muss dazu am Platz alles abbauen. Zweimal, jeweils zu deinem Geburtstag, haben wir uns auch in Vrboska ein Auto gemietet, beide Male ausgesprochene Klapperchaisen, die den Ausflug allein deshalb schon zum Abenteuer machten. Die bei Weitem meisten und schönsten Ausflüge haben wir aber mit den Rädern unternommen.

Ausflüge bedürfen einiger Vorbereitungen. Der Rucksack oder die Fahrrad-Taschen müssen gepackt werden. Man muss sich wettermäßig auf Eventualitäten einstellen. Alles Mögliche muss bedacht werden. Man darf nichts vergessen. Darin bist du, meine Liebe, Expertin. Du bedenkst alles und rüstest dich entsprechend aus. Das macht das Abfahren für mich manchmal beschwerlich. Aber davon habe ich schon erzählt.

Mit dem Fahrrad zu fahren, ist ökologisch sinnvoll. Es qualmt nicht. Es stinkt nicht. Es macht keinen Lärm. Es nimmt kaum Platz weg. Schon das erzeugt uns gute Gefühle. Fahrradfahren ist außerdem billig. Reparaturen, wenn man sie nicht selbst vornehmen kann, sind überschaubar und halten sich finanziell im Rahmen. Darüber freut sich der Geldbeutel. Mit dem Fahrrad dehnt sich der persönliche Erreichbarkeitshorizont auf mittelweite Strecken. Das reicht für viele alltägliche Wege. In der Stadt kommst du mit dem Fahrrad besser voran als mit dem Auto. Und du kommst überall hin. Du kannst Abkürzungen fahren. Und du hast nicht das Problem mit der Parkplatzsuche oder den Parkgebühren. Fahrradfahren ist sodann gesund, hält fit, stärkt Muskeln und Sehnen, fördert die Durchblutung, beugt Herz-Kreislauferkrankungen vor. Soll ich noch mehr aufzählen? Du bist an der frischen Luft, bist am Licht, kriegst das Wetter mit, bekommst Farbe ins Gesicht. Du atmest intensiver, bringst dich ins Schwitzen, baust überflüssiges Gewicht ab, verbesserst deine Kondition. Menschen, die Fahrrad fahren, leben länger, behaupte ich mal.

Es gibt auch ein paar Nachteile fürs Fahrradfahren, etwa wenn es um den Transport größerer Lasten geht. Oder wenn es regnet oder schneit oder matschig ist. Wenn es zu kalt ist. Wenn die Straßen glatt werden. Wenn es keine vernünftigen Radwege gibt. Oder wenn die Strecken zu weit werden. Deshalb wollen viele nicht aufs Auto verzichten oder brauchen es zusätzlich. Ein Nachteil kann auch sein, dass man dichter am Verkehr und leichter verletzbar ist – eine Gefahr, die man durch umsichtiges Fahren verringern kann. Aber in den meisten Situationen ist man mit dem Fahrrad besser unterwegs.

Vor allem aber ist Fahrradfahren gut für die Seele. Setzt du dich aufs Fahrrad, dann steigt ein Gefühl von Freiheit in dir auf, von Unabhängigkeit, von lauter Möglichkeiten. Im Auto ist man begrenzt. Der Blick ist enger. Du musst auf die Straße achten. Du musst auf der Straße bleiben. Feldwege oder Schotterstrecken zu fahren ist nicht ratsam. Mit dem Fahrrad kommst du fast überall hin. Mit dem Fahrrad erfährst du die Landschaft langsam. Die Seele kommt mit. Du kannst gemächlich an dich lassen, was du siehst. Du kannst jederzeit innehalten, absteigen. Und manchmal kannst du auch sausen ohne zu treten, es einfach rollen und dich vom Fahrtwind zausen lassen. Entschleunigung und Beschleunigung schließen sich nicht aus.

Wir machen unsere Ausflüge mit dem Fahrrad. In diesem Kapitel will ich mit dir kreuz und quer über die Insel radeln. Wir werden hier und da absteigen, innehalten, die Bilder anschauen, die uns diese Orte unvergesslich machen. Wir werden bergauf strampeln und bergab rasen, werden fühlen, wie uns der Schweiß aus den Helmen rinnt und der Fahrtwind ihn wieder trocknet. Wir werden dieses sonnenverwöhnte Land an uns vorbeiziehen lassen und uns noch einmal berauschen am heißen Atem des Sommers.

Um das Umland zu er-fahren, ist unser Standort bestens geeignet. Im Vergleich mit anderen FKK-Plätzen, die wir während unseres Insel-Hoppings vor einigen Jahren kennenlernten, etwa dem sehr ruhig und einsam liegenden „Konobe" auf Krk oder dem wunderschön gelegenen, sehr teuren Platz bei Baška an der Südostecke der gleichen Insel, schneidet unser Platz mit Abstand am besten ab. Die Möglichkeit, von hier aus ohne Mühe Ausflüge mit den Rädern unternehmen zu können, war ein zentraler Pluspunkt unserer Platzwahl. Das haben wir vielmals genutzt. Per Fahrrad haben wir die Insel, besser gesagt: diesen Teil der Insel, jedes Jahr ein bisschen besser kennengelernt. Mit dem Fahrrad, besonders mit dem E-Bike, kommst du gut voran. Fährst du mit dem Rad oder gehst du zu Fuß, kannst du jederzeit anhalten und irgendwas genauer anschauen.

Die Insel ist, seit Griechen hier Jahrhunderte vor Christi Geburt siedelten, abgesehen von einigen verkarsteten, von Dorngestüpp überwucherten Steinfeldern und den verwilderten Wäldern, straßen- und wegemäßig gut erschlossen. Wenn man gut bereift und genügend abgefedert ist und Schotterstrecken nicht scheut, kommt man auch in einsamere Gegenden. Biegen wir in die Nebenstrecken ein, macht es die Erkundung immer ein bisschen zum Abenteuer. Überall kann man was entdecken: eine im Buschwald versteckte Konoba, ein ausgetrocknetes Bachtal, einen versteckten Stollen, eine uralte Steinbrücke, eine Bienenhaus-Batterie, einen alten Feigenbaum, dessen Früchte komm her! rufen, ein aufgegebenes Lavendelfeld, eine illegale Müllhalde, einen verfallenen Wehrturm. Nach und nach sind wir, sei es bei Ausflügen, sei es zum Besuch von Veranstaltungen, alle Wege im näheren Umkreis abgefahren, einige von ihnen sehr oft. Natürlich gibt es keine Radwege, aber der Verkehr hält sich in Grenzen.

Wenn wir größere Touren vorhaben, steigen wir schon nachmittags gegen 4 Uhr auf die Räder, wenn eigentlich noch schläfrige Hitze über dem Camp liegt und jede Bewegung Schweiß treibt. Noch sind die Straßen frei und die Ortschaften leer. Noch arbeitet niemand auf den Äckern. Noch steht die Luft, noch keucht das Land und wartet auf die Abendbrise. Auf dem Fahrrad ist es ein klein wenig erträglicher. Der Wind fährt durchs T-Shirt. Aber trotzdem läuft mir Wasser in den Nacken, die Lenkergriffe feuchten ein, die Zunge klebt. Ich helfe mir mit Lutschpastillen. Aber verdurstet sind wir eigentlich nie. Du hast immer eine volle Wasserflasche dabei, auch bei ganz kurzen Fahrten.

Wenn kein Auspuffgestank die Luft verstänkert, wird die Nase sensibler für die Dünste und Düfte der Natur. Von den Straßenrändern wehen uns manchmal die Aromen wilder Kräuter entgegen. Die Pinien verströmen intensive Gerüche. Schon von Weitem duften uns die Feigenbäume an, versüßen den Atem. An Feigenbäumen kann ich nicht einfach vorbeifahren. Mitte August werden die ersten Früchte reif. Sie sitzen oft schwer zu erreichen an den Enden der Zweige, ich wünschte, ich hätte längere Arme. Einmal wäre ich beim Mundraub um ein Haar anderthalb Meter tief in die Dornen gestürzt. Soeben konnte ich das Gleichgewicht wiedergewinnen. Danach war ich achtsamer. Aber geklaute Früchte schmecken halt besonders gut.

In der Regel schwingen wir uns erst am späteren Nachmittag in die Sättel, wenn die heftigste Tageshitze abzuklingen beginnt. Bis zum Abend haben wir dann 3 oder 4 Stunden vor uns; genügend Zeit für eine respektable Rentner-

Tour. Nur wenn mal einer der seltenen wolkigeren Tage
heraufzog, haben wir uns auch zu einem Tagesausflug auf-
gemacht.

Ein Lob auf unsere E-Bikes! Bis wir uns zu ihnen durchran-
gen, brauchten wir Jahre. Wir brauchten, weil sie so schwer
sind, auch eine neue motorbetriebene Fahrradhalterung für
den Camper. Aber es hat sich gelohnt. Das Radeln ist eine
Lust. An den Bergen lassen wir die normalen Pedaltreter
locker hinter uns. Es ist ein starkes Gefühl, wenn wir unan-
gestrengt an ihnen vorbeiziehen und uns noch mal umdre-
hen.

Manche Strecken haben's auch in sich. Das erschließt sich
durch Erfahrung. Der etwas flachere und weitläufigere
Westteil der Insel ist fürs Radfahren besonders geeignet.
Zwischen Vrboska, dem Ort nebenan, und dem eine Bucht
dahinter liegenden größeren Ort Jelsa dehnt sich eine durch
Weinanbau und Olivenhaine, Obstgärten, Gemüsefelder und
auch nicht wenige Brachen geprägte Ebene bis nach
Starigrad, eigentlich eine bequem zu fahrende Rennstrecke.
Aber leider ist sie zum überwiegenden Teil nicht asphal-
tiert, weil sie durch ein archäologisches Grabungsgebiet
führt, das man meint auf diese Weise schützen zu müssen.
Auf der staubigen, grobsteinigen, reifenfressenden Schot-
terpiste reiht sich Schlagloch an Schlagloch. Du hast ihr mit
einem Platten und einer an-schließenden langen schweiß-
nassen Schiebeaktion Tribut gezollt. Will man sie unbedingt
fahren, nimmt man sich im Interesse der Reifen besser Zeit.
Kommt ein Auto entgegen, zieht es eine riesige Staub-

schleppe hinter sich her. Man schlägt sich möglichst schnell seitwärts in die Büsche. Dann sehnt man sich nach Asphalt. Es gibt auch andere Unwägbarkeiten. Fußgänger, Radfahrer, Motorradfahrer und Autos teilen sich die Wege. Das geht meist auch gut; vielleicht, weil das Verkehrsverhalten in diesem Land von einer gewissen Unbekümmertheit geprägt ist. Die Menschen befinden sich gewissermaßen kollektiv im Urlaubsmodus. Nehmen wir die an sich wunderschöne Strecke von Vrboska nach Jelsa. Sie führt dicht oberhalb des Ufers unter alten Kiefern entlang und folgt jeder kleinen Bucht. Es ist ein Vergnügen, hier entlang zu radeln. Oder spazieren zu gehen. Unten baden die Menschen, etwas weiter draußen ankern Segelboote und manchmal Luxusjachten, bisweilen ein Dreimaster. Es gibt viel zu sehen. Die Uferstraße ist immer belebt, selbst bis in die Nacht, aber nur spärlich beleuchtet. Begegnen wir Fußgängern oder laufen sie vor uns her, müssen wir irgendwie aneinander vorbei. Die meisten haben hinten, einige aber auch vorn keine Augen. Erst im letzten Moment springen sie zur falschen Seite.

Trotzdem: Fahrradfahren ist eine Lust! Der Himmel des Südens, das Grün der Wälder und Felder, die Düfte der Kräuter, die malerischen Dörfchen, das Auf und Ab der bergigen Landschaft, die Blicke hinauf zu den Bergen und hinüber aufs nahe Meer, die flimmernde Hitze über allem: das geht an mich und in mich. Manchmal jauchze ich auf. Mit dem Fahrrad sind wir immer dicht an der Natur. Anstrengende und leichte Strecken wechseln sich ab. Auch das An-

strengende war uns immer wichtig, getreu unserem Motto,
das uns schon lange begleitet: Jeden Tag eine schweißtreibende Tat!

Wie oft überkam mich ein Glücksgefühl, wenn wir auf den
Rädern saßen und die Landschaft an uns vorbeizog!

Diese Landschaft hat mich von Anfang an in ihren Bann gezogen.

Nicht nur mich, nicht nur uns. Kein Wunder, dass betuchte
Städter aus Zagreb hier ihr Ferienhaus besitzen, wie wir
von unsern kroatischen Freunden wissen. Auch mancher
Nordeuropäer hat sich hier eingekauft. Des Öfteren haben
wir deutsche Namen an den Klingelschildern entdeckt.
Grundstücke, wenn sie nicht zu dicht am Meer liegen, sind
bisweilen günstig zu bekommen. Viele Orte bluten aus, leiden unter massiver Landflucht. Die Häuser sind allermeist
in desolatem Zustand. Von außen sieht man das nicht. Die
Mehrzahl der jungen Leute zieht weg. Es gibt einfach keine
Arbeit für sie, besonders nicht in hochausgebildeten Spar-
ten. Aber was geben sie auf! Es ist ein wunderschönes
Fleckchen Erde hier.

Jedenfalls aus der Sicht eines sonnenhungrigen Nordmen-
schen. Aber natürlich weiß ich, dass es einen großen Unterschied macht, ob man hier sommers wie winters lebt oder
ob man hier bloß seinen Urlaub verbringt. Wenn wir durch
die Dörfer radeln und die Landschaft in uns aufnehmen,
bekommen wir nichts davon mit, was die Menschen um-
treibt. Wie viele hier überhaupt noch wohnen. Wie die Al-
tersstruktur ist. Wie die Besitzverhältnisse sind. Wovon die
Menschen leben. Welche Perspektiven sie haben.

Den Außenstehenden, uns, wenn wir durch die Gegend radeln und nicht ganz genau hinschauen, begegnet eine reiche, grüne, zugewandte, liebliche Landschaft. Die Dörfer in
unserm Teil der Insel, rund um Jelsa, dort, wo die Ebene
ansteigt zum Bergrücken, der die Insel längs durchzieht und
die Nord- von der Südseite trennt, wirken auf mich wie gemalt, Dol, Vrisnik und Pitve, Vrbanj und Svirče und wie sie
alle heißen, aber auch die Bergdörfer Selca, Grablje und
Brusje nach Hvar hinüber, sowie in die andere Richtung,
weiter nach Südosten zu, Humac, Poljica und Polje. Soweit
sie im Radius unserer E-Bike-Reichweite liegen, kennen wir
sie inzwischen alle. Überragt von spitztürmigen Kirchen
schmiegen sie sich an die Berghänge, ein Motiv-Cluster für
Fotobegeisterte. Fast noch mehr gilt das für die Küstenorte,
insbesondere Vrboska und Jelsa, dazu mancher andere kleine Ort wie etwa Basina, Mudri Dolac, Prapatna oder Stiniva
an der Nordseite, oder auch Sveta Nedjelna oder Milna auf
der Südseite der Insel, die sich um die natürlichen Buchten
rahmen, sind Kleinode. Es fällt nicht schwer, sich in sie zu
verlieben.
Die Städtchen Vrboska, Jelsa und Starigrad, dazu natürlich
vor allem die Inselhauptstadt Hvar, verströmen mediterra-
nes Flair.
Komm, lass uns wieder durch diese nach Urlaub duftende
Sommerwelt ausfliegen! Weißt du noch? Wie wir immer
neu fasziniert waren von den schmalen, verwinkelten Gäss-
chen, in denen sich die Hitze staut, in denen man sich verir-
ren kann, wo sich immer neue Perspektiven auftun. Wie wir
Halt machen auf den rundum von Häusern eingefassten,

marmorplattenbelegten Plätzen, wo Lokale unter weinberankten Lauben zum Ausruhen locken. Das glattgetretene Pflaster verleitet dazu barfuß zu laufen, aber man würde sich die Füße verbrennen. Wir lassen uns einladen von den offenen Lädchen und Werkstätten, von den zahlreichen Kirchen und Kapellen, in denen uns Kühle empfängt. Wir wandern an den von Mauern eingefassten Grundstücken entlang, aus denen die Feigen-, Mandel-, Granatapfel- und Zitronenbäume ragen, deren volles Grün neben den sonnenhellen Steinen meinen Augen wohltut. Wir machen Rast in einer der kleinen Konobas nebenan in einer Gasse, die gerade eben noch Platz lässt für Zweipersonen-Tische dicht an der Wand, bestellen uns frisch gepressten, eisgekühlten Orangensaft.

Ein andermal durchstreifen wir eins der Dörfer. Wir bestaunen die Steinhäuser und Gehöfte mit ihren typischen Außentreppen, phantasiereichen Anbauten, Schuppen, Überdachungen, die winkligen Höfe mit ihren Brunnen, wo im Schatten alter Nuss- oder Johannesbrotbäume die alten Männer des Dorfs zusammensitzen und den Tag ausgehen lassen. Unregelmäßige Grundstücke, wie das Gelände sie vorgibt, steile Gassen, verwirrende Sträßchen, Treppenstiege, schmale Durchgänge, breit genug nur für Esel, lassen ahnen, wie das Dorf nach und nach gewachsen ist. Auch hier sind die Anwesen durchweg von Steinmauern eingefasst, hinter denen meist kleine Gemüsegärten liegen; wenn denn noch jemand da ist, der sie regelmäßig wässert.

In den größeren Städten der Insel, in Hvar, Starigrad oder
Jelsa, treffen wir auch auf Herrschaftsgebäude aus der Zeit,
als die Venezianer in Dalmatien das Sagen hatten und das
Land blühte. Reich und arm stoßen aneinander. In einigen
Dörfern kommen wir an alten, mit Steinplatten gedeckten
Häusern aus dem 17. und 18. Jahrhundert vorbei. Wir sind
begeistert von diesem Blick in die Vergangenheit, als man
noch viel einfacher lebte, als es noch keinen Stroman-
schluss, kein fließend Wasser und Spül-WC im Haus gab, als
man das Wasser aus dem Brunnen zog und mit den Hüh-
nern zu Bett ging, als das Leben gemächlich lief. Ein verbli-
chener Charme, ein Hauch des Verlorenen liegt über vielen
Ortschaften auf dieser Insel.
Ich liebe diese steinige und doch überwiegend grüne Insel,
die verstreuten Dörfer, die Weinfelder und Olivenhaine,
aber auch die wilden Pinienwälder und das Macchiage-
strüpp, ich liebe die Berge und ich liebe das Meer mit seinen
tiefen Buchten und natürlichen Schutzhäfen, in denen sich
die Städte ansiedelten, aber ebenso mit seinen schroffen
Felsküsten – ich liebe diese von der Natur verwöhnte Landschaft. Und ich kann mich zugleich dem Gefühl der Vergäng-
lichkeit nicht entziehen. Mir scheint, gerade diese Dissonanz
macht den Reiz des Landes aus. Wir suchen, wenigstens für
ein paar Wochen im Jahr, das ganz Andere, das Aus-der-
Zeit-Gefallene, auch das Vergangene, weil es uns verloren-
ging. Wir reisen dorthin, wo die Welt in sich zu ruhen
scheint – wenn man nicht genauer nachschaut. Wir suchen
das Einfache, weil wir im Überfluss leben.

Die Realität ist ernüchternd: Die allermeisten Orte kämpfen ums Überleben. Viele setzen auf den Tourismus. „Ferienwohnungen und Zimmer zu vermieten" steht auf den Schildern in deutsch, englisch und italienisch. Wo man um Touristen wirbt, sind die Gassen sauber, die Mauern und Häuser ausgebessert, und an jeder Ecke warten Konobas, Kunst- und Andenken-Lädchen auf Besucher. Aber die Konkurrenz ist hart. Die meisten Orte, insbesondere jene, die nicht unmittelbar am Meer liegen, haben Existenzsorgen. Sobald man abseits geht und an die Dorfränder kommt, werden Häuser und Grundstücke sichtbar ärmer und weniger gepflegt. Für Massentourismus bieten die Orte zu wenig. Für größere Investitionen finden sie keine Geldgeber. Individualtouristen wie wir sagen natürlich: zum Glück.

Von wenigen Ausnahmen abgesehen sind die Orte von größeren Hotelanlagen und modernen Gebäuden verschont geblieben. Offenbar haben viele Gemeinderäte oder Stadtoberen erkannt, dass die relativ ursprüngliche, aus der Vergangenheit überkommene, nicht von der Moderne überzogene Gestalt der Landschaft, der Städte und Orte das eigentliche touristische – und im Ganzen begrenzte – Kapital der Insel ist. Der Not folgt irgendwann die Einsicht.

Was wir oft von außen nicht sehen, ist, in welchem Umfang die Höfe, die Lädchen, die kleinen Handwerksbetriebe und Werkstätten noch in Betrieb sind und bewirtschaftet werden. Aber wir sehen, wo das Land brach liegt. Immer wieder kommen wir an verlassenen Dörfern und Bauernhöfen vorbei, an aufgegebenen Äckern, ehemaligen Weinpflanzungen, verwilderten, von inzwischen eingefallenen Mauern nur noch dürftig eingefassten Grundstücken. Manchmal lässt sich an den zerfallenen Gebäuden und den herumliegenden Gerätschaften noch erkennen, dass hier einmal eine Kelterei, eine Olivenmühle oder eine Lavendeldestille betrieben, aber längst aufgegeben wurde.

Das alles ist Teil dieser Landschaft. Es fügt sich zusammen, als müsste es so sein. Es hat für den, der hier Urlaub macht, nichts Störendes, nichts Befremdendes an sich. Es passt alles zusammen: Grün und Stein, Land und Meer, Sonne und Schatten, Lebenslust und Überlebenskampf, Lebendiges und Vergangenes, Liebe und Tod.

Begegnungen

Für manche Menschen sind weniger die fremden Land-
schaften oder Sehenswürdigkeiten, sondern die Erlebnisse
mit anderen Menschen die Höhepunkte ihres Urlaubs. Du
gehörst auch zu dieser Sorte. Dir waren und sind die Begegnungen und Kontakte immer besonders wichtig. Du suchst
sie auf, gehst gern auf andere zu. Ich bin verhaltener, warte
erst einmal ab, ziehe mich auch gern an ungestörte Orte
zurück und beschäftige mich mit mir selbst. Du bleibst am
liebsten an jeder Ecke stehen und beginnst einen Schwatz.
Du hältst auch im Urlaub stetigen Kontakt mit allen deinen
Lieben zu Hause, mit unsern Kindern, mit deinen Geschwistern, mit deinen Freundinnen und unsern Freunden. Ich
mach's gerade andersherum; ich bin froh, wenn ich mal eine
Zeitlang weg bin und niemand etwas von mir will. In dieser
Hinsicht sind wir Antipoden. Das ungezwungene,
niederschwellige Kontaktanbahnen ist dein Revier. Davon
profitiere ich oft. In mein Fach fällt dann eher eine Vertie-
fung unserer Kontakte. Davon profitierst dann du. Dir fällt
es leicht, einzuladen. Ich brauche etwas länger, um mich
einzulassen. In dieser Hinsicht bin ich norddeutsch vorbe-
lastet.

Anders als bei einem Hotel-Urlaub oder wenn man sich eine
Ferienwohnung mietet, geht es beim Campen nicht ohne
permanente Begegnungen ab. Das beginnt schon morgens

beim gemeinsamen Waschen im offenen Waschhaus. Es betrifft aber auch das gesamte Leben und Treiben auf dem Platz. Beim Campen geschieht vieles öffentlich. Der Abstand zwischen den Standplätzen besteht oft nur aus einigen Metern. Das ist wie in einem Dorf, und teilweise noch ein bisschen enger. Man kann es mögen oder verfluchen. Man rückt sich auf die Pelle und bekommt allerlei mit, was anderswo passiert. Man sitzt den ganzen Tag vorm Zelt, vor dem Wohnwagen oder Camper, und hat alle Zeit der Welt zu intensiven Beobachtungen. Man sieht die anderen und wird gesehen, je nachdem, wie man seinen Sitzplatz gewählt hat. Man ruft oder winkt sich zu. Man hält ein kleines Schwätzchen. Oder man versucht sich eben abzu-schirmen und schaut intensiv am andern vorbei. Aber dann ist es wie angeblich beim Vogel Strauß: gesehen wird man doch.

Wie nahe man sich kommt, kann natürlich jeder auf seine Weise steuern. Die meisten Menschen sind im Urlaub für Kontakte empfänglich. Das kann auch nach hinten losgehen. Manchmal entwickeln sich intensive Abneigungen zwischen Nachbarn, wie zu Hause. Nachbarn kann man sich nicht aussuchen. Man muss sie annehmen, ebenso wie die bucklige Verwandtschaft. Dann wartet man sehnsüchtig, bis der andere seine Sachen packt und abreist. Das ist gegenüber zu Hause ein Vorteil. Oder man wechselt selber den Platz. Manchmal hast du aber auch Glück, und es entwickelt sich ein besonderes Verhältnis. Wir haben beides und in unterschiedlichen Schattierungen erlebt. Der Badenser würde sagen: Man begegnet eben Badischen und Unsymbadischen. Bloß: Du weißt es vorher nicht. Aber das Geheimnis ist weniger groß, als man denkt: Lässt man die anderen an sich, entpuppen sie sich oft als hilfsbereit und freundlich. Das ist die gute Nachricht. Die Zahl der wirklich Blöden und Unerträglichen ist kleiner, als man denkt – jedenfalls auf unserem Platz. Muffelige und Verschlossene müssen sich eben schützen, denke ich. Manchmal sind es auch nur die Sprachbarrieren, die Menschen zurückhaltend machen.

Ich neige, wiegesagt, erst einmal mehr zur Zurückhaltung. Manchmal, wenn ich nicht gerade lese oder schreibe, sitze ich vorm Camper und schaue andern zu. Das ist komfortabel. Ich befinde mich in der Beobachterrolle und pflege Vorurteile. Ich teile die Menschen ein in solche, die ich interessant finde, andere, die mich nicht interessieren und solche, die ich schon mal gar nicht leiden kann. Etwa Tätowierte. Oder Glatzköpfige. Oder welche, die Lautsprecherstöpsel im Ohr haben. Oder deren Gesicht mir nicht gefällt. Bisweilen, wenn ich solche Personen dann zufällig näher kennenlerne, merke ich, dass ich auch falsch liegen kann. Trotzdem bleibt es oft beim Beobachten.
Da kommen Menschen vorbei, die mir auf Anhieb gefallen und welche, die mir schon vom Hinsehen wehtun; etwa eine extrem übergewichtige Frau, die nur aus Quellmasse zu bestehen scheint. Sie ist offensichtlich schwer krank. Ich ahne, was sie zu tragen hat und finde es mutig, dass sie sich so zeigt. Aber ich spreche sie nicht an. Da kommt ein Mann vorbei, der über und über tätowiert ist. Mein Gott, was hat der sich stechen lassen! Und warum bloß? Wer guckt sich

das so genau an? Da legen sich Leute den ganzen Tag über in die pralle Sonne. Ihre Haut ist dunkelbraun geröstet, und sie hören nicht, wie sie leidet. Da gibt es Eltern, die ihre Kinder permanent ausschimpfen. Sowas schmerzt mich beim Anschauen. Ich stelle sie innerlich zur Rede, aber in der Regel halte ich mich raus.

Es gibt auch Menschen, die mir guttun: Ein verliebtes Paar, das ganz mit sich beschäftigt ist. Ein Mann, der immer schon von weitem fröhlich grüßt. Eine Familie, die mit Hallo zum Strand zieht. Eine Nachbarin, die am Nachmittag, während wir mit den Fahrrädern unterwegs waren, unsere Stühle zusammenstellte und die Polster in Sicherheit brachte, weil sich plötzlich ein heftiger Wind erhoben hatte. Ein Paar, das im Lokal neben uns sitzt, das sieht, wie wir BrändiDog spielen und sich dazusetzt. Der Wirt, der immer zu einem Späßchen zu haben ist und allen Vorbeikommenden zuwinkt. Der Nachbar, den ich jeden Morgen im Waschhaus treffe und mit dem ich ein paar nette Worte wechsle. Diese Reihe lässt sich mühelos erweitern.

In Grunde geht es immer um die gleiche Frage: Wie nah kommen wir uns? Wie nah lasse ich andere an mich? Wie viel Nähe kann ich vertragen? Es ist ganz einfach, eigentlich. Berührung – im doppelten Sinne – tut gut. Distanz macht Angst. Das sind Erfahrungen, die überall gelten. Nicht nur im Urlaub. Ich glaube, das Entscheidende ist die Freiwilligkeit der Begegnung. Sie muss selbstgewählt sein. Wird sie mir aufgenötigt, ist sie mir unbehaglich, verletzt sie mich.

Gelegenheiten zur Begegnung ergeben sich immer wieder. Über die Jahre haben wir etliche Bekanntschaften und auch einige Freundschaften geschlossen auf unserem Platz. Allen voran muss ich Vinco und Perka nennen.

Wir hatten einfach Glück, dass wir sie trafen. Es war bei einer unserer Radtouren übers Land, durch die Dörfer. Du hattest mitbekommen, dass im Nachbarort Vrbanj am Abend ein Fest stattfinden sollte. Es war wieder ein heißer Tag. Wie immer machen wir uns erst nach Abklingen der Hitze auf den Weg. Aber wir haben Zeit. Feste beginnen hier erst, wenn es dunkel wird. Wir speisen köstlich in der laubenüberdachten Konoba am Ortseingang. Dann radeln wir weiter zum Dorfplatz, wo uns ein lebhaftes Gewusel erwartet. Wir schließen die Räder an, setzen uns auf das sonnenwarme Mäuerchen am Rand mit bestem Blick auf Platz und Bühne und schauen dem Treiben zu. Der Platz füllt sich weiter. Man steht und sitzt in Grüppchen zusammen und unterhält sich lebhaft. Kinder toben herum, Tische werden aufgebaut und gedeckt, an denen ortsgekelterter Wein teils offen, teils in Flaschen zum Verkauf angeboten wird. Es herrscht eine fröhliche Atmosphäre. Das Dorf versammelt sich zum Höhepunkt des Sommers. Mit Einbruch der Dämmerung steigt das Fest. Verschiedene Klapa-Gruppen treten auf, Solisten-Chöre, die in besonderen Gewändern schwermütig-eingängige Volkslieder singen. Sie bekommen viel Beifall.
In den Pausen tauschen wir uns über die Darbietungen aus und unterhalten uns. Neben uns aufs Mäuerchen setzt sich

ein Ehepaar, das uns auf Deutsch anspricht. Sie hätten ein paar Gesprächsfetzen von uns aufgeschnappt. Es entwickelt sich sofort ein nettes, freundliches Gespräch. Die beiden leben seit über 25 Jahren in Deutschland. Er kam als Bauingenieur nach Deutschland, sie, Juristin, zog nach. Als er seinen Job verlor, blieb er und arbeitete als Handballtrainer, sie fand in einer Bibliothek Arbeit. Zweimal im Jahr fahren sie nach Kroatien in das Familien-Ferienhaus und besuchen ihre betagte Mutter in Rijeka. Die Kinder wuchsen in Deutschland auf, studieren längst. Sie laden uns zu sich ein, und ein paar Tage nach unserm ersten Treffen folgen wir ihrer Einladung und besuchen sie in ihrem Familien-Ferienhaus in einer der Nachbarbuchten. Traumhaft schön wohnen sie mit Blick über die schmale Bucht und auf das glasklare Wasser. So begann unsere Freundschaft mit Perka und Vinco.

Immer stecken wir sofort in tiefen Gesprächen. Tausend Fragen haben wir zu diesem Land. Dazu trinken wir eisgekühlten Rosé und süffigen Roten vom nahen Wingert und lassen uns verköstigen. Perka kann wunderbar kochen. Nach und nach lernen wir, wie schmackhaft die bodenständige Küche sein kann. Sie erzählen von ihrer Jugend im sozialistischen Jugoslawien Titos, von ihrer Beziehung aus Sandkastenzeiten. Wir reden über das alte Jugoslawien und das heutige Kroatien. Über die schrecklichen Massaker während des Balkankrieges, unerhörte Grausamkeiten und Metzeleien auf beiden Seiten, deren Wunden nicht verheilt sind. Über die gegenseitigen ethnischen Säuberungen. Wir reden über kroatische und deutsche Mentalitäten. Über die

Zukunft des Landes, über die Landflucht und den zunehmenden, von Regierungsseite geförderten Nationalismus im Land. Wir lernen, das Land von verschiedenen Seiten zu betrachten.

Sehr bereichert hat uns auch die inzwischen zur Freundschaft gereifte Begegnung mit Theo und Babsi. Wir trafen uns gegen Ende unseres Urlaubs und haben uns auf Anhieb verstanden. Sie stellten sich auf den eben freigewordenen Platz neben uns, und wir kamen sofort ins Gespräch. Am Abend verabreden wir uns zum BrändiDog-Spielen im Platzrestaurant. Aber wir kommen gar nicht dazu. Wir haben uns zu viel zu erzählen. Von da an verbrachten wir viel Zeit miteinander. Sie wohnen bei Stuttgart, er arbeitet als Ingenieur, sie als Körpertherapeutin. Mehrmals haben wir uns inzwischen besucht. Immer nehmen wir etwas Anregendes von unsern Treffen mit. Die ungefähre Ordnung oder soll ich besser sagen: geregelte Unordnung in ihrem Haus und Garten tun uns wohl. Theo ist der ruhende Pol, Babsi immer voller Ideen. Gerade hat sie eine Kampagne zum weitgehenden Verzicht auf Plastik angeleiert.

Noch eine Handvoll weiterer, mehr oder weniger tiefgehender Begegnungen sind hier zu nennen, durchweg mit Paaren. Das legt sich nahe, wenn man zu zwei ist. Mit manchen spielten wir Boule. Mit anderen gingen wir essen bei ausgiebigen Gesprächen. Mit wieder anderen trafen wir uns in größerer Runde, bei Salzgebäck und reichlich Wein, lauschten den nicht zum ersten Mal erzählten Geschichten, Reise-

abenteuern und Räuberpistolen aus fremden Erinnerungs-
kisten, Stoff, mit dem man viele Abende bestreiten kann,
aus dem die Träume sind, mit dem man andere zum Staunen bringt und auch ein wenig neidisch macht. Mit andern
trafen wir uns zum Nachmittagsklön oder auch zum gemeinsamen Besuch von Veranstaltungen. Oftmals saßen wir
mit Chris und Werner zusammen, ein Lehrer-Ehepaar aus
Ingolstadt, das wie wir jedes Jahr auf diesen Platz kommt,
vertraute Gesichter. Da war der über 80jährige, jung geblie-
bene Klavierbauer aus Luzern mit seiner viel jüngeren
Partnerin; oder die wunderbare, an allem interessierte
Künstlerin aus Niederbayern, die sich ein Buch nach dem
anderen von uns auslieh, mit ihrem geduldigen Mann; da
waren der an meinen Kindheitserinnerungen stark interessierte Sonderschullehrer aus Würzburg, und nicht zuletzt
das Lehrerehepaar aus Cottbus, mit dem wir uns anfreun-
deten, von dem wir sehr viel über die ehemalige DDR lern-
ten. Und viele andere.

Wind und Wetter

Wenn jemand im Urlaub an die See oder in die Berge fahren will, dann ist eine zentrale Frage: Wie wird das Wetter? Natürlich stimmt der allbekannte Spruch, es gäbe kein schlechtes Wetter, nur schlechte Bekleidung. Aber da nehmen die meisten den Mund zu voll. In Wirklichkeit schlagen uns anhaltendes Regenwetter, Nebeltage, nasskaltes Schmuddelwetter oder auch unerträgliche Hitze durchaus aufs Gemüt und haben das Potential, uns den Urlaub zu vermiesen. Fährt jemand in den Süden, scheint die Frage nach dem Wetter sich allerdings zu erübrigen. Das mag in Bezug auf die Sonne stimmen. Aber damit ist noch nicht alles gesagt. Wenn wir auf unsere Insel fahren, ist das Wetter durchaus keine zu vernachlässigende Größe und verdient aus dreifachem Grunde ein eigenes Kapitel.

Zum einen kommt dir, wenn du campst, das Wetter besonders nah. Du spürst es hautnah, erst recht auf einem Nudistenplatz. Wenn es regnet, prasselt es aufs Zelt- oder Wagendach. Wenn die Sonne aufsteigt, dauert es nicht lange, bis sie Zelt oder Auto so aufheizt, dass es dich aus den Federn treibt. Zu Hause oder auch im klimatisierten Hotel kann es sein, dass du gar nicht mitbekommst, wie das Wetter ist; wenn du vielleicht nur ein paar Schritte zum Auto zu gehen hast, zur Arbeit fährst und dann den ganzen Tag in geschlossenen Räumen zubringst. Beim Campen verbringst du den Tag im Freien. Das Wetter bestimmt deinen Tag. Du kannst dich ich ihm nicht entziehen.

Nicht erst, wenn es regnet oder stürmt, nicht erst ein heftiges Gewitter oder ein drastischer Wetterumschwung, sondern allein, dass du von morgens bis abends an der frischen Luft lebst, gibt dir das Gefühl, dass du ein Kind der Natur bist. Die Natur, zeigt dir Grenzen auf, trotz aller Wetter-Apps, Vorhersagen und technischen Möglichkeiten. Es kann immer auch anders kommen – etwas kräftiger oder lauer, etwas schneller oder auch gar nicht. Wenn du campst, bist du vom Wetter abhängig. Es entscheidet über deine Möglichkeiten, wenn du morgens aufstehst, an den Himmel blickst und dich fragst, na, wie wird der Tag? Wird es wieder wie gestern? Beim Campen gibt es kein Entrinnen. Nicht im Guten, nicht im Schlechten. Du musst dich arrangieren.

Auf dieser Insel, und das ist das Zweite, wird es auf den ersten Blick fast immer wie gestern. Jedenfalls in den Sommermonaten, wenn wir hier sind. Das sogenannte „schöne Wetter" muss man lieben. Es ist ein Wetter für Wärme-Liebhaber. Und auch für Hitze-Fans. Es ist das besondere Wetter dieses Ortes, das viele Camper Jahr um Jahr hierher zieht.

Tritts du zu Hause vor die Tür, weißt du nie: Hält sich das Wetter? Gibt es Regen? Muss ich den Schirm mitnehmen? Wie heiß, wie kalt wird es? Brauche ich was Warmes zum Überziehen? Kann ich das Fahrrad nehmen oder muss ich mit dem Auto fahren? Hier ist das anders. Fast immer lacht dir die Sonne aus einem strahlenden Himmel entgegen.

Kaum über dem Horizont wärmt sie dich auf. Sommertemperaturen sind garantiert. Hier hast du ein Abo auf den Sommer.

Meist ist das Wetter einfach ohne Fehl und Tadel. Die Sonne kommt morgens mit einem Farbspektakel auf, promeniert über einen blankgeputzten Himmel und verabschiedet sich abends wieder farbenreich. Das läuft alles seinen guten Gang und ausgesprochen benutzerfreundlich. Es bietet keinen Grund für Reklamationen. Du mietest dich in eine unverschämt stabile, auf über 30 Grad eingestellte Hochsommer-Urlaubs-Wetterlage ein.

Man könnte also sagen, das macht die Wetterfrage überflüssig. Du legst dich abends schlafen und weißt: Morgen ist es wieder schön. Wohlbefinden ist garantiert. Das kann zwar langweilige Aspekte haben. Aber es bietet auch ungeahnte Möglichkeiten. Veranstaltungen unter freiem Himmel haben eine ganz eigene Atmosphäre. Man muss es erlebt haben, insbesondere wenn dann noch der Mond mitspielt. Ein großer Teil des Lebens findet im Freien statt. Alle sind luftig bekleidet. Abends kann man, ohne dass man sich warm anziehen muss, draußen sitzen, bis weit in die Nacht. Dadurch entsteht ein ganz anderer Tagesrhythmus, eine ganz eigene Begegnungskultur. Das Wetter ist eine Dauereinladung zu gemeinsamen Treffen, Festen, Unternehmungen.

Zu Hause sind wir vom Wetter abhängig. Bloß schirmen wir uns ab gegen die Natur. Wir verziehen uns nach innen und schicken das schlechte Wetter vor die Tür. Nur das gute wird akzeptiert. Dafür zahlen wir einen Preis: Wir bekommen nur bedingt mit, was draußen los ist. Wenn es regnet, bleiben wir einfach in den trockenen vier Wänden. Wenn es stürmt, schließen wir Fenster und Türen. Wenn es kalt wird, stellen wir die Heizung hoch.

Das ist hier nicht nötig. Darum fahren wir, und sicher die meisten Kroatien-Urlauber, auf diese Insel. Wenigstens im Urlaub lassen wir das unberechenbare nordeuropäische Wetter für ein paar Wochen hinter uns. Wir wissen: Hier erwartet uns wunderbares Wetter. Jedenfalls meist.

Aber es gibt Ausnahmen. Und das ist das jetzt der dritte Aspekt des Wetters. Es erlaubt sich Ausnahmen, heftige, beeindruckende Ausreißer. Und weil wir im Freien leben, bekommen wir sie ganz anders mit als zu Hause. Von denen lohnt sich zu erzählen. Manchen können sie sogar zum Grund für eine frühzeitige Abreise werden. Ich selbst liebe sie, umso mehr, als sie das täglich Selbe unterbrechen.

Ich spreche von zwei Phänomenen: von den Gewittern. Und von der Bora.

Was die Gewitter betrifft, sind sie gar nicht so unbeliebt. Sie können sehr heftig sein, aber weil sie immer eine Abkühlung bringen, nimmt man sie ganz gern in Kauf. Allerdings, um der Wahrheit die Ehre zu geben, mehr noch, weil sie anschließend schnell wieder der Sonne Platz machen.

Bei den Bora-Tagen, wenn die Winde einfallen, ist das etwas anders. Sie können sich hinziehen. Sie vergraulen zwar nicht die Sonne, aber den Spaß am Schwimmen; je nachdem, mit welcher Intensität sie unterwegs sind. Manchmal muss man alles, was auf dem Tisch liegt, oder auf der Leine hängt, festhalten. Dann wird das Draußensitzen ungemütlich. Gut, dann setzt man sich ins Restaurant. Gegen die Bora-Winde hilft nur die Hoffnung, dass sie demnächst wieder verschwinden. Sie kommen unvermittelt und hören auch unvermittelt wieder auf.

Mehr Wetter haben wir hier nicht. Jedenfalls nicht in den Sommermonaten. Trotzdem sei als Anmerkung noch erwähnt: Sehr gelegentlich trifft auf der Insel auch mal ein Regentag ein, etwa auf der Rückseite eines starken Gewitters. Aber es bleibt warm. Tagelangen Dauerregen wie bei uns gibt's hier nicht.
Und noch seltener kann auch mal ein halber diesigverhangener Tag dazwischenrutschen, der sich nicht entscheiden kann, wo es denn nun langgehen soll, der aber ebenfalls warm bleibt und schließlich von der Sonne vertrieben wird.
Es gibt also nichts zu klagen. Wer hier unzufrieden ist, der nörgelt auf sehr hohem Niveau.

Bei sehr genauerem Hinspüren sind die wenigen Wetterlagen allerdings nicht so gleichförmig wie es scheint. Es gibt warme Tage und heiße Tage und unerträglich heiße Tage, an denen man sich auf keinen Stein setzen darf. Es gibt Schnellgewitter, die kommen eben um die Ecke und sind gleich wieder weg. Es gibt ausgiebige Gewitter mit kräftigen Regengüssen, wie wir sie zu Hause selten erleben. Dann

schüttet es aus allen Rohren. Und es gibt wilde Gewitter-
stürme, die das Meer aufpeitschen und die Bäume biegen,
die an den Zelten zerren und alles mitnehmen, was nicht
angebunden ist.
Schließlich gibt es die leichte Bora, die das Wasser mit
Schaumkronen versieht, bei der man gerade noch ins Wasser kann, die eigentlich sehr angenehm ist, besonders an
heißen Tagen; es gibt die mittelstarke Bora, die Zeltplanen
und Leinen ins Knallen bringt und aus den auf die Leine
gehängten Tüchern und Kleidern flatternde Fahnen macht,
und die mitreißende Bora, bei der man alles in Sicherheit
bringen muss und lieber nicht vorm Zelt sitzen bleibt. Sodann kann die Bora viele Tage anhalten oder sich nach Kurzem wieder legen. Du weißt es nicht.

Bemerkenswert sind auch die Wechsel. Die Wetterwechsel
passieren oft ohne Vorwarnung, quasi im Handumdrehen.
Vor allem abends und nachts. Plötzlich zieht der Himmel zu.
Plötzlich kommt ein heftiger Wind auf. Plötzlich rast ein
Gewitter heran. Man ist vor Überraschungen nicht sicher.
Das ist wohl typisch für ans Meer grenzende Gebiete. Ich
bilde mir ein, zu Hause das Wetter im Großen und Ganzen
deuten zu können. Seit denkwürdigen Bundeswehrzeiten
verstehe ich die Wetterkarte einigermaßen zu lesen, und
auch der Blick an den Himmel sagt mir in aller Regel, was
Sache ist. Die Wolken kündigen es an. Hier funktioniert das
nicht. Hier versagen meine Kenntnisse.
Sagen wir, da steht morgens wieder ein strahlender Tag
über dem Küstengebirge auf. Ein völlig leergefegter Himmel

wölbt sich über uns, wir ahnen nichts Böses. Dann kann es sein, dass wie aus dem Nichts kaum ein paar Stunden später plötzlich ein Wind aufkommt, der in die Markise fährt, als wolle er sie mitnehmen. Dann müssen wir schnell sein und alles, was wegfliegen kann, festhalten und in Sicherheit bringen.

Die Bora, dieser vom Gebirge kommende, für Dalmatien so typische Fallwind, ist eigenwillig. Wetterkundige Menschen können sie bestimmt vorhersagen. Für mich kommt sie immer überraschend. Ich fühle es der Natur nicht an. Jeden Tag schaue ich in den Himmel und denke: Na, kommt vielleicht nachher ein Wind auf? Man weiß es einfach nicht. Wenn wir mit den Fahrrädern auf Tour gehen, räumen wir vorher besser alles, was wegfliegen kann, fort.
Die Bora, das haben wir erlebt, kann ziemlich heftig sein. Manchmal hält sie sich tage- und wohl auch wochenlang. Dann ist es nicht ratsam, die Markise aufgespannt zu halten. Dann kann es sein, dass man nicht ins Meer steigen kann. Einige reisen ihretwegen ab. Aber man kann sich auch mit der Bora arrangieren. Auch im aufgewühlten Wasser lässt sich ein wenig schwimmen. Man muss es als Herausforderung nehmen. Und außerdem kann man ja Fahrrad fahren. Eigentlich habe ich die Bora ganz gern, jedenfalls die mildere Version und vor allem an besonders heißen Tagen. Da schafft sie angenehme Kühlung.

Der unbändige Wind dieser Insel hat manche schon auf dem falschen Fuß erwischt. Zelte flogen davon, Gestühl wirbelte umher. Ein Camper erzählte uns, es habe ihm die Markise abgerissen. Ich wollte es nicht glauben. Natürlich: Vor allem sind die Markisen in Gefahr, vor allem bei jenen Campern, die weiter unten am Hang stehen. Er stand weiter unten. Eine Zeitlang hatten wir auch nahe der Küste unsern Platz. Ich habe mich dann eines Besseren belehren lassen müssen. Ich habe das im Tagebuch festgehalten:

„Es passierte nach einem friedlichen Tag. Wir hatten gegessen, saßen vorm Camper und schauten in den Abend. Mit einem Mal erhebt sich ohne jede Ankündigung, einfach aus dem Nichts, ein heftiger Wind, wandelt sich in Windeseile zum Sturm mit wilden Böen, wird fast zum Orkan. So schnell wir können, bringen wir in Sicherheit, was herumliegt und wegfliegen kann. Mit unglaublicher Wucht, wie wütend geworden, schlägt der Sturm in unsere Markise, zerrt an den Stützen, reißt die Abspannleinen ab, hebt, als wäre es nichts, die mühsam in den Boden getriebene Verankerung heraus, schleudert sie samt Stützfüßen hoch und nieder. Verzweifelt halten wir die Haltestangen fest. Es ist unmöglich die Markise einzufahren. Lange können wir das nicht mehr halten. Jede neue Bö droht die Markise wegzureißen. Nachbarn eilen uns zu Hilfe, zu fünft retten wir unser Vordach. Mit vereinten letzten Kräften gelingt es uns, die Plastikplane einzurollen. Sie trägt einen deutlichen Einriss davon. Es hat nicht viel gefehlt und sie wäre einfach abgerissen worden. Die Plane hat sehr gelitten. Auch ein Seitenteil der Markisenhalterung bricht ab. Das konnte ich später halbwegs reparieren. Einen so wilden Sturm habe ich noch nie erlebt. Das Fernsehen zeigt manchmal Bilder von Tropenstürmen. Ich hatte nie gewusst, welche Urgewalt im Wind steckt."

Wenn die Bora losgelassen ist, gelten andere Gesetze. Dann muss man jederzeit auf der Hut sein. Ich lese wieder aus meinem Tagebuch:
„Dieses Jahr zeigt uns die Bora, was sie alles kann. So heftig haben wir sie noch nicht erlebt. Seit Tagen jagt sie das Meer durch die Bucht und in Böen über den Platz. Kein Segelboot traut sich mehr hinaus. Nur wenige Mutige baden in Ufernähe. Den Himmel hat die Bora restlos freigeblasen. Die Sicht ist einmalig. Man kann weit hinüber aufs Festland sehen, Ortschaften und Gebirgsfalten erkennen, als lägen sie nur einen Katzensprung entfernt, dabei mögen es 40, sogar 50 Kilometer und mehr sein. Obwohl weiterhin herrliches Wetter herrscht, fühlen sich Wasser und Luft deutlich kühler an. Auf dem Meer tanzen die Schaumkronen. Die Luft ist sandhaltig. Nach und nach legt sich eine feine Staubschicht auf Tisch und Stühle. Keine Ritze ist eng genug, dass der Staub nicht hindurchfände. Mehrmals am Tag wischen wir alle Gegenstände ab und klopfen die Polster aus. Sand mischt sich ins Essen, knirscht beim Kauen. Der Salat weht von der Gabel. Gekochtes kühlt schnell aus. Wenn man vor dem Camper sitzt, muss man alles festhalten oder mit Steinen beschweren. Was auf den Leinen hängt, braucht doppelt so viele Klammern. Die Markise ziehen wir besser ein. Manchmal schmeißt der Wind einen Stuhl um. Das Hängemattengestell habe ich mit mehreren Steinen be-

schwert, aber wenn sich das Tuch aufbläht und zum Segel
wird, kommt das Gestell trotzdem ins Kippen."

Ein andermal schreibe ich:
„Ein Wind, nein ein Sturm zieht auf. Er kommt unangekün-
digt aus dem Nichts und wird immer stärker. Die Markisen
sind eingerollt. Die meisten Camper haben sich in ihre Zelte,
Wagen oder ins Restaurant geflüchtet. Wir haben alle Stühle
und was nicht niet- und nagelfast ist weggeräumt. Ich sitze
allein dicht vor unserm Camper und verfolge das Schauspiel
der Natur. Immer heftiger tobt die Bora übers Meer und
über unsern Platz, mit ungebremster Wildheit peitscht sie
die Wellen auf, steigt in die Pinien, nimmt alles, was nicht
festgebunden ist, auf und wirbelt es vor sich her. Ein feiner
brauner Staub legt sich über alles, findet seinen Weg durch
jede Ritze. Ich ziehe meinen Schal über Mund und Nase. In
immer neuen Wellen wiegen und biegen sich die Bäume im
Wind, beugen sich bisweilen tief vor seinen Stößen. Unbe-
rechenbar sind die Böen, verfangen sich zwischen Bäumen,
Wohnwagen und Zelten, kommen unversehens aus anderen
Richtungen, werfen Tische und Stühle um, wo sie noch welche finden, schlagen die Halteleinen gegen die Zeltwände,
blähen die Planen und lassen sie klatschend wieder zurück-
fallen. Was für ein Wetter!"
Ich gebe zu, jeden Morgen, wenn wieder ein Bora-Tag aufsteigt, denke ich: Nun kanns auch mal genug sein! Ich
brauchte mal wieder einen richtig heißen Badetag. Aber
zugleich ist dieses windzerfetzte Wetter auch wunderbar.
Ich mag die freigefegte Luft, ich mag das aufgewühlte Meer,

wenn es hochaufsprühend gegen die Felsen klatscht. Wenn
sich die Äste der Kiefern biegen, wenn sich die Möwen gegen den Wind stellen. Wenn die Haare wehen, die Leinen
flattern, die Zeltplanen schlackern. Das ist für mich Natur
pur."

Äußerst heftig und genauso überraschend wie die Bora
können Gewitter hereinbrechen. Von denen haben wir etliche erlebt, das gehört auf dieser Insel dazu, es war fast jedes Mal ein Erlebnis. Gewitter können sehr unterschiedlich
sein, das ist anders als bei uns. Und dabei sehr eindrücklich.
Ich gebe ein paar Beispiele aus meinen Tagebüchern:

„Ich sitze in der klaren Nacht und schreibe an meinem Buch.
Gegen halb 2 Uhr kommt über der Nachbarinsel Brač Wetterleuchten auf. Bald darauf grummelt es in der Ferne. Unvermittelt fegen wilde Böen durch die Bäume und zerren an
den Leinen der Zelte. Ein Gewitter kommt herangefahren.
Der Donner wird lauter. Jetzt muss alles sehr schnell gehen.
In Windeseile rolle ich die Hängematte ein, räume die Wäscheleine leer (da hängt noch die Nachmittagswäsche,
Handtücher, T-Shirts, eine Hose), trage die Stühle unter das
Camper-Vordach, zurre die Halteleinen fest, und als ich
eben fertig bin, prasselt es auch schon los. Das ist kein leichter Regen wie wir ihn vom Faaker See kennen, das ist ein
Sturzguss, ein Wolkenbruch, der sich sehen und hören lassen kann und für den die Bäume über uns keine Bremse
bilden. Blitze und Donner jagen sich miteinander.

Ich setze mich unter die Markise (die muss man schrägstellen, sonst bilden sich Wasserbeulen) und verfolge das Schauspiel. Um mich prasselt es auf Autodächer und Zelte. Von einzelnen Standplätzen höre ich noch hektische Aktivitäten. Manche haben tief geschlafen. Plötzlich stehen sie unter Wasser. Man ruft sich was zu. Jemand stößt irgendwo an und flucht.

Dann ist es plötzlich vorbei. Unvermittelt wie es kam, macht sich das Gewitter wieder aus dem Staube. Die Blitze brechen ab. Ich schätze, das Spektakel dauerte kaum mehr als eine halbe Stunde. Ein ferner Donner rollt nach. Nur der Regen klatscht weiter auf die Planen und Dächer, verstetigt sich. Hier und da brennen noch Lichter an den Autos und Zelten, einige haben noch was zu richten. Nach und nach wird es stockfinster. Unaufhörlich rauscht der Regen, wird zum Schlaflied.

Noch lange höre ich ihm zu. Dann verziehe ich mich in den Camper und lasse mich in Schlaf trommeln. Gegen halb 6 Uhr erwache ich und steige für einen Austritt aus dem Wagen. Es dämmert. Letzte dunkle Wolken ziehen eilig über einen morgenblassen Himmel. Keine Spur mehr vom Regen. Nur aus den Bäumen fallen dicke Tropfen, wenn der Wind die Zweige schüttelt. Als ich gegen 9 Uhr endgültig aus der Koje steige, traue ich meinen Augen nicht. Der Himmel ist vollkommen freigefegt. Als hätte es nie ein Gewitter gegeben. Kein Wölkchen trübt das horizontweite Blau. Der Boden, die Straße, die Planen sind schon wieder trocken."

Vielleicht nehme ich das Wetter nur intensiver wahr, aber
mir erscheint hier alles größer, stärker, heftiger als zu Hause: der Wind, die Gewitter, der Regen. Einen der seltenen
Regentage habe ich in meinem Tagebuch festgehalten:
„Heute ist Regentag. Seit dem späten Vormittag hat es unaufhörlich geschüttet. Überall stehen Pfützen. Gegen Nachmittag hat der Regen Pausen eingelegt, aber dann setzt er
wieder ein und wird die ganze Nacht nicht mit sich fertig.
Der Platz hat sich schlafen gelegt, du auch. Lange sitze ich
noch draußen, höre dem immer gleichen Rauschen, dem
unermüdlichen Trommeln und Tropfen zu. Ich werde nicht
müde. Kein fremder Laut ist zu hören. Niemand zeigt sich.
Diese Nacht gehört dem Regen. Lange sitze ich da. Ich denke: Dem Land tut's gut. Es wird die Waldbrandgefahr min-
dern. In der letzten Zeit hat es immer mal wieder gebrannt.
Die Natur säuft sich satt. Unaufhörlich trommelt der Regen
aufs Dach unseres Campers. Du schläfst direkt darunter,
getragen und geschützt vom immer gleichen Ostinato des
Regens. Monoton fällt er aufs Vordach, trägt Ruhe und
Friedlichkeit mit sich. Wenn man genauer hinhört, erzählt
er Geschichten. Ich werde nicht müde. Stundenlang könnte
ich hier sitzen und lauschen, wie die Natur geht. Irgendwann klettere ich in den Camper, lasse die Tür offen, lasse
mich in den Schlaf driften.
Der Morgen graut. Der neue Tag hat es sich anders überlegt.
Zaghaft, aber unaufhaltsam schieben sich Farbstreifen
durch die dünner werdende Wolkendecke. Vom Meer her,
über die Berge der Nachbarinsel, verbreitet sich erstes Blau,
jenes unvergleichliche Blau, das nur die Mittelmeerländer

besitzen, ein klares, unendlich weites Blau, das süchtig
macht, in dem man sich verlieren kann. Dann erscheint die
Sonne über den Gipfeln, schiebt die letzten Nachtwolken
zusammen, Wind zerzaust sie und treibt sie hinüber aufs
Festland, wo sie sich bald auflösen werden. Späte Tropfen
fallen von den Bäumen, hängen noch an den Wäscheleinen.
Bald verbreitet sich auf dem Platz die gewohnte ruhige Geschäftigkeit, als wäre nichts gewesen. Man stellt die Regenschirme in die Sonne, hängt die nassgewordenen Tücher
auf, strafft die Spanngurte und Planen und wischt die Tische
und Stühle trocken. Im Eiltempo wird es warm. Man zieht
die Kleidung aus, macht sich wieder frei. Das Thermometer
beginnt zu klettern. In der Nacht waren die Temperaturen
auf 21 Grad abgefallen. Bereits um 9 Uhr steigen sie auf 28
Grad. Den Regentag haben wir schon vergessen."

Gewitter gibt es auf unserer Insel immer mal wieder. Im
Freien erlebt man sie ganz anders als geschützt im Haus:
das ferne Wetterleuchten, der von Blitzen halbsekunden-
lang erhellte Himmel, das bedrohliche Donnergrollen.
Schon als Kind mochte ich Gewitter. Blitze üben eine magi-
sche Faszination auf mich aus, gepaart mit ein wenig Angst,
aber vielmehr mit Neugier. Von unserem Küchenfenster aus
habe stundenlang den Blitzen zugeschaut, wenn sich ein
Gewitter im Tal verfing, war gefesselt von ihrer elementa-
ren Kraft. So oft es sich ergab in meinem Leben, habe ich
der Natur zugesehen, wenn sie sich mit sich selbst ausei-
nandersetzte, so auch in unseren Ferien. Ich habe das Wetterleuchten verfolgt und dem Regen gelauscht. Auch dem

Meer höre ich stundenlang zu, wie es an die Felsen klatscht und tost, wenn der Wind es peitscht. Viele Male stand ich auch als erwachsener zu Hause am Fenster im ersten Stock, den unmittelbar angrenzenden Wald vor mir, horchte auf das an- und abschwellende Rauschen der Bäume, oder wie die Jahrhundertstürme Lothar und Kyrill die Stämme mit Urgewalt zu Boden schmissen. Die Natur ist ein Orchester, ich setze mich, wenn ich kann, in die erste Reihe. Ich bin hingerissen.

Unvermindert ziehen Gewitter mich in ihren Bann. In meinem Tagebuch notiere ich: „Bis nach 11 Uhr hatten wir Gäste. Für eine Weile setzen wir uns noch in die Liegestühle, schauen in die sternklare Nacht, lassen den Tag ausklingen. Weit entfernt aus Norden kommend, meldet sich mit fernem Wetterleuchten ein Gewitter an. Der Wetterbericht hatte es angekündigt. Es sollte uns in der Nacht gegen 3 Uhr erreichen. Du bist ins Waschhaus gegangen, um dich schlaffertig zu machen. Ich sitze noch vor dem Camper. Die Lichtflecken am Horizont werden zunehmend größer und stärker. Ich erkenne erste Blitze. Das Gewitter jagt heran. Bald füllt sich der halbe Horizont. Es wirkt gewaltig. Manchmal sind taghelle Blitze dabei. Bald hören wir den ersten Donner. Dann reißt das Dröhnen nicht mehr ab. Übergangslos fegen gegen 1 Uhr erste Böen über den Platz. Wir sind noch nicht vorbereitet. In Windeseile packe ich unsere Siebensachen zusammen, die verstreut vor dem Camper herumliegen. Ich baue das kompliziert aufgehängte Licht ab, ziehe die Kabel ein, sammle die Bücher, den Laptop und das Zu-

behör ein, Weinflasche und Gläser, alles, was auf dem Tisch und dem Beistelltisch herumliegt. Ich raffe die zum Trocknen und Lüften auf die Leine gehängten Kleidungsstücke zusammen, die Polster auf den Stühlen und Liegen, vor allem die Hängematte. Ich schließe alle Fenster und Luftklappen. Ich schaffe die Schuhe in die Fahrerkabine. Das alles in rekordverdächtiger Zeit. Gerade noch recht-zeitig kommst du aus dem Waschhaus zurückgerannt. Du hast im Haus gar nichts mitbekommen. Überall sind Menschen damit beschäftigt, in aller Eile ihre Utensilien in Sicherheit zu bringen. Die Böen verstärken sich, zerren an den Markisen, reißen sie manchmal etwas hoch. Ich treibe die Heringe tiefer ins steinige Erdreich, merke dann, dass das nicht reichen wird. Gerade noch rechtzeitig gelingt es uns, die Markise einzufahren. Es wird finster. Blitze fahren durch die Wolken, es donnert unentwegt. Wir legen schnell noch alles Gestühl auf den Boden, die Liegen, die Stühle, die Hocker, damit sie nicht weggeschleudert werden können. Als wir schließlich alles erledigt und auch die eilig in den Camper geworfenen Sachen sortiert und verstaut haben, beginnt es – zu tröpfeln. Der Wind flaut unvermittelt ab. Haarscharf zieht das Gewitter an uns vorbei Richtung Korčula."
Ein andermal beschreibe ich es so: „Vielleicht kommt ein Gewitter auf uns zu. Das lässt mich nicht schlafen. Ich sitze noch lange vor dem Camper und schaue in die Nacht. In der Ferne, weit hinter der Nachbarinsel Brač, zuckt ein Licht über den Himmel, dann ein zweites, ein drittes, es werden mehr. Bald steht ein anhaltendes Wetterleuchten über dem Nordhimmel, das näherrückt. In aller Eile räume ich die

Hängematte und was sonst noch vor dem Camper herumliegt ins Staufach. Immer weiter breiten sich die Leuchtspu-
ren über den Himmel aus, da rückt ein mächtiges Gewitter
heran. Noch ist es völlig windstill, aber die Blitze werden
dichter, die Helligkeit schriller. Die Front nähert sich. Der
Himmel verdunkelt sich. Eine gespenstische Stimmung legt
sich auf das Land. Im Zucken der Blitze sieht man, wie sich
drüben, über der Nachbarinsel, die Wolken türmen. Bizarre
Lichterbäume verbinden für Momente Himmel und Erde.
Früher hoffte ich immer, irgendwann mal einen Kugelblitz
zu sehen. Es ist sehr umstritten, ob es ihn gibt. Öfter habe
ich davon geträumt. Einmal sah ich einen riesigen Ketten-
blitz, ein seltenes, aber wissenschaftlich verifiziertes Phänomen. Manche Blitze leuchten den halben Horizont aus.
Eine ungeheure Energie entlädt sich da. Allein in den Licht-
impulsen müssen gewaltige Energieschübe stecken. Was für
ein grandioses Schauspiel! Und ich sitze in der ersten Reihe.
Ein verfrühter Donnerschlag entlädt sich nicht weit von
uns, weckt dich. Du kommst nach draußen und eine kurze
Weile schauen wir zusammen der Natur zu, eh du dich wieder schlafen legst. Wie kann man jetzt nur schlafen! Ich sauge das Schauspiel in mich auf. Der Äther ist in Aufruhr. Drüben auf dem Festland tobt das Gewitter. In dichter Folge
flammen die Blitze auf. Die meisten springen von Wolke zu
Wolke. Wenn sie in den Boden fahren, sind sie besonders
eindrücklich. Mit einem Mal wird es unerhört hell. Als hätte
sich ein Blitz verirrt, hätte unsern Platz gesucht und sich
hier entladen. Als wäre ein riesiger Scheinwerfer für einen
Sekundenbruchteil auf uns gerichtet und hätte alles geblen-

det. Es ist ein Blitz von einer unglaublichen Intensität und Mächtigkeit. Er übertrifft alles, was ich je sah. Er ist exorbitant. Merkwürdigerweise höre ich keinen Donner. Ich kann es nicht erklären. Was für ein Ereignis! Die Natur hat immer noch etwas Neues im Köcher. Wenn sie mir nicht zu nahe rückt, könnte ich immer zuschauen. Angst habe ich nicht. Respekt schon..."

Zu den Naturereignissen auf dieser Insel und leider auch im ganzen Land gehört schließlich auch das Feuer. Letztes Jahr hat es bei Split gewütet, auch gegenüber auf dem Festland, in den Berghängen oberhalb Makarska. Wir konnten die verschiedenen Glutherde tagelang in der Ferne sehen. Teils entfacht die heiße Sonne mal selbst an einer Glasscherbe ein Feuer, teils ist eine unachtsam weggeworfene Zigarette der Grund. Oft steckt Brandstiftung aus überwiegend ökonomischen Motiven dahinter. Selten fasst man die Täter oder Täterinnen. Das oft unwegsame Gelände macht Löschen unmöglich. Dann lässt man es brennen, das kann tage- und auch wochenlang dauern. Anders ist das nur, wenn Ortschaften oder Felder in Gefahr sind. So haben wir es im vergangenen Jahr erlebt:

„Irgendwo hinterm Wald, der uns von Vrboska trennt, nicht weit von Jelsa und den nahen Dörfern am Rande der Ebene, ist am Nachmittag ein Feuer ausgebrochen, wir können es von unserm Platz aus nicht sehen. Bedrohlich ziehen dichte Rauchschwaden über den Waldkamm. Wir wissen nicht, wie nah das Feuer ist und wie schnell es sich ausbreitet.

Aber bald darauf lärmt ein Flugzeug über den Platz, dann zwei, schließlich drei. Es sind Löschflugzeuge, und wir bekommen mit, wie sie in pausenlosem Einsatz das Feuer bekämpfen. Direkt vor uns in der Bucht schöpfen sie im Flug Wasser auf. Das muss man können. Sie brauchen genau 3 Minuten, um das Wasser aufzunehmen, über den Berg zu fliegen, es jenseits über dem Feuer punktgenau abzulassen und erneut über den Campingplatz hinweg in die Bucht zu fliegen und neues Wasser aufzunehmen. Anderthalb Stunden fliegen sie ohne Unterbrechung im Minutentakt, dann kehrt Ruhe ein. Das Feuer ist offenbar gelöscht."

Wind und Wetter, Regen und Sonne, Hitze und Kühle, Tag und Nacht: das alles erlebst du beim Campen ganz unmittelbar. Im Freien sind die Sinnesorgane offener für das, was dich umgibt, du fühlst dich nah an der Natur. In festen Häusern zu leben, die uns vor Kälte, Regen und ungebetenen Gästen schützen, ist eine zentrale Errungenschaft der Menschheit, auf die niemand mehr verzichtet, von Ausnahmen abgesehen. Aber zugleich trennen wir uns von dem ab, was uns umgibt, bauen uns eine künstliche Welt und leben in dem Glauben, gegen äußere Gefahren gut abgeschirmt zu sein. Nur selten zeigen uns Wind und Regen Grenzen auf. Wir wohnen sicher. Alle 10 oder 20 Jahre wirft ein dann gleich Jahrhundertsturm genannter Orkan einige Bäume im Wald um. Anhaltender Regen oder heftige Gewitter können die Flüsse über die Ufer treten und die Keller ersaufen lassen. Wenn wir mal einschneien oder die Heizung ausfällt, bricht Panik aus. Aber in Wahrheit sind uns Naturkatastrophen fremd geworden. In unseren Breiten haben wir mit Tropenstürmen, Vulkanausbrüchen, Erdbeben oder Tsunamis wenig zu tun. Die andere Seite der Natur ist uns und den Menschen in unserm Land fremd geworden.

Nie kommen wir der Natur so nah wie beim Campen. Ich weiß, es ist nur eine Annäherung. Ihr noch näher zu kommen, lernt man vielleicht beim Überlebenstraining. Mit einem Reisemobil als Basis-Station sind Natur-Erfahrungen begrenzt. Wir bleiben immer auf der sicheren Seite. Die „natürlichen" Risiken halten wir in Grenzen. Trotzdem. Wir öffnen eine Tür, im Gefühl, dass das das künstliche Leben nicht alles ist.

Das singende Dalmatien

Im ersten Jahr, als wir auf unserem Platz standen, haben wir noch gar nichts davon mitbekommen. Aber mit den Jahren wurde das ganz anders. Inzwischen lassen wir kaum eine Veranstaltung aus. Ich spreche vom Klapa-Gesang und vom singenden Dalmatien.

Immer wieder lassen wir uns begeistern von den vielen a-capella-Chören, die sich hier in fast jedem größeren Dorf zusammenfinden. Die Sommer- und Urlaubszeit ist die große Zeit der Aufführungen und Konzerte. Fast immer finden sie abends nach 9 Uhr unter freiem Himmel statt. Dann wird meist auf irgendeinem der malerischen Plätze im Ort eine Bühne aufgebaut, man sitzt unter den Sternen, und die kalksteingemauerten Häuser verstärken den Gesang auf eindringliche Weise.

Der Klapa-Gesang hat in Dalmatien eine lange und offenbar ungebrochene Tradition. Der Krieg konnte ihr nichts anhaben, im Gegenteil. Nach den Balkankriegen bekamen die Klapa-Gruppen einen enormen Aufschwung. Klapa – das sind vor allem erst einmal Gruppen, die polyphon gesetzte Lieder singen. Eigentlich bezeichnet man nur die Gruppen selbst so, nicht, was sie singen. „Klapa" heißt „Gruppe". Aber im Weiteren wird auch der Gesang so bezeichnet. „Klapa", das sind vor allem Volkslieder. Sie handeln von glücklicher und unglücklicher Liebe, von Herz und Schmerz, vom Abschiednehmen und Wiederkommen, vom Wein und vom Meer, von der Liebe zur Heimat und den Tagen der Kindheit – wie auch unsere Volkslieder.

Nur – bei uns haben die Nazis viele der alten Volkslieder zersungen, mit ihrer Blut- und Boden-Ideologie und ihren Deutschland-über-alles-Phantasien missbraucht und für die Nachfolgenden fast unsingbar gemacht, wie *Franz-Josef Degenhardt* seinerzeit im Lied beklagte: „Wo sind deine Lieder?"

Die Balkankriege haben hier genau das Gegenteil bewirkt. Mein Eindruck ist, dass sich die nationalen Tendenzen der verschiedenen Balkanvölker verstärkt haben, und damit auch die Pflege des eigenen Liedguts. Sicherlich wird in den Schulen, vor allem den Grundschulen, viel gesungen, so wie ich es noch aus meiner Kindheit kenne. Jedenfalls ist es eindrücklich, dass sich, wie wir uns haben erzählen lassen, in fast jedem Ort Klapa-Chöre zusammenfinden.

Vielleicht gibt es noch einen anderen, wichtigeren und zugleich schlichteren Grund für die lebendige Sing-Tradition in Dalmatien: Die Lieder sind einfach und schön, melodisch und eingängig, zugleich aber rhythmisch und in den Harmonien manchmal sehr anspruchsvoll. Sie gehen ins Ohr, sie gehen ins Herz. Sie werden mit Inbrunst gesungen.

Es ist eindrücklich, wenn Gruppen auf der Bühne ein Lied vortragen und dann etwa in der zweiten oder dritten Strophe leise werden und die meisten Zuhörer vielstimmig das

Lied übernehmen und text- und notensicher aus voller
Brust und Kehle mitsingen.

Oftmals haben wir in Vrboska oder Jelsa oder anderen Orten den Chören zugehört. Eindrucksvoll war schon unsere
erste Begegnung mit dem Klapa-Gesang:
„Kurz vor 8 Uhr fahren wir hinunter nach Vrboska. Du hattest gestern auf einem Plakat gelesen, dass dort heute um
halb 9 Uhr ein Konzert stattfindet, hattest dich genauer er-
kundigt und in Erfahrung gebracht, es werde gesungen.
Mehr wussten wir nicht. Es ist ein lauer Abend, sternenklar
und windstill. Wir sitzen in einem zu Straße und Wasser hin
offenen, malerisch ausgeleuchteten Innenhof neben dem
Kai. Man hat Stühle aufgestellt für schätzungsweise 100
oder vielleicht auch 150 Personen. Alle Plätze werden besetzt. Etliche Besucher müssen stehen. Die ersten sechs
oder sieben Reihen sind reserviert für irgendwelche Menschen aus dem Ort. Wir haben uns, weil wir früh genug kamen, gleich dahinter zwei Plätze ergattern können.
Eine Männer- und eine Frauen-Gesangsgruppe treten auf,
jeweils etwa ein Dutzend Personen umfassend, dazu ein
Solosänger. Man merkt sofort, das sind sangesfreudige
Menschen, und viele von ihnen singen durchaus auf hohem
Niveau. Es sind offensichtlich alles Hiesige, soweit wir das
mitbekommen, Leute aus dem Ort, aus dem Gesangverein,
der vielleicht ein- oder zweimal im Jahr öffentlich auftritt
und der anscheinend in diesem irgendein Jubiläum feiert.
Auch der Bürgermeister und der Schul-Direktor sind dabei,

hören wir. Das Ganze findet ohne Eintritt und Spenden-
sammeln statt - wir hätten gern was bezahlt.

Die Gruppen sind mit Engagement, mit Ernst, ja mit Leidenschaft dabei. Sie wollen zeigen, was sie können. Vorgetragen
wird Klapa-Gesang, mehrstimmige, zumeist a-capella, also
ohne Instrumentalbegleitung gesungene Lieder. Wir verstehen nichts und spüren alles. Es sind dalmatische Volkslieder, die ans Herz greifen, wahrscheinlich Liebeslieder.

Alle Sängerinnen und Sänger singen ohne Noten, mit klaren,
zum Teil wunderschönen Stimmen. Viele Menschen aus
dem Publikum singen mit. Eindrücklich finde ich die besonderen Akkorde und typischen effektsetzenden Klangfiguren.
Alle Altersstufen sind vertreten, das beeindruckt mich.
Nachwuchsprobleme haben sie offenbar nicht.

Die Frauen treten zumeist in weißen Kleidern, die Männer
mit schwarzen Hosen und Jacketts auf, darunter weiße
Hemden. Alle haben sich in alter Tradition rote Schärpen
um den Leib geschlungen. Es ist ein besonderes Schauspiel,
ohne alle Allüren.

An diesem Abend werden die Gesangspartien von einer Art
Sketch eingerahmt, der immer wieder die Pausen füllt, alles
auf Kroatisch natürlich, wir verstehen nichts. Da zeigt wohl,
den Anlass aufgreifend, auch noch die Theatergruppe des
Orts, was sie eingeübt hat. Außerdem werden einige kurze
Reden gehalten und eine Reihe von Menschen aus dem Publikum mit einem Pokal geehrt. Wir haben teil an einer ganz
ortsbezogenen, gar nicht touristischen Veranstaltung."

Von da an haben wir, wenn sie in erreichbarer Nähe statt-
fanden, immer wieder Klapa-Konzerte besucht. So habe ich
es in meinem Tagebuch festgehalten:
„Am Abend fahren wir hinüber nach Vrboska, wo auf der
Brücke eine Gesangs-Darbietung stattfinden soll. Es gibt ein
Klapa-Konzert. Anfangs sagte uns das nichts. Später wurden
wir Liebhaber dieses Genres. Das Ambiente in Vrboska ist
einmalig. Die Sängergruppe steht auf der sogenannten zweiten Brücke, die den sich weiter in den Ort
hineinschlängelnden und dabei verjüngenden Meeresarm
überspannt. Es ist die älteste Brücke des Orts. In drei stei-
nernen Bögen führt sie wuchtig und elegant zugleich über
das hier noch etwa 20 Meter breite, wie ein Fluss wirkende
Wasser und verbindet den nördlichen und südlichen Orts-
teil. Inzwischen ist sie für Fahrzeuge gesperrt; früher hol-
perten hier Eselskarren hinüber. Beidseits des Wassers
säumen zweistöckige Steinhäuser das Wasser. Rechts und
links auf den schmalen Uferwegen hat man Stuhlreihen aufgebaut. Die angrenzenden Häuserwände bilden einen
Klang- und Resonanzraum. Oben drüber steht ein sternkla-
rer Himmel, und mittig über der Brücke, fast schon des Guten zu viel, der schon leicht abnehmende Mond.
Dieses Mal treten fast ein Dutzend verschiedene Gruppen
auf, von denen jede zwei Stücke singen darf. Es sind lauter
Gruppen von der Insel Hvar, die Mehrzahl aus den nahege-
legenen Orten, Starigrad, Vrbanj, Jelsa, Vrboska. Eine Frau
mit einer eindrücklich tiefen Stimme, vielleicht die Lehre-
rin, gibt zu jeder Gruppe eine ausführliche Einleitung, alles
in kroatischer Sprache. Das Ganze dauert anderthalb Stun-

den. Die Sänger und Sängerinnen stehen auf der angestrahlten Brücke und werden von beiden Uferseiten bestens gesehen und gehört. Der Schall hängt zwischen den Häusern und über dem Wasser, es ist ein einmaliges Ambiente und eine große Akustik.

Die Klapa-Gruppen singen allesamt a capella. Einige Gruppen begleiten ihren Gesang auch mit Gitarre oder Mandolinen, einmal auch mit dem Key-Board. Die Grundstruktur der Stücke ist einfach, bedient sich üblicherweise des Vierviertaktes und besteht meist aus wenigen, einprägsamen Harmonien; aber darüber erheben sich überaus variantenreiche und filigrane Figuren. Die Art des Gesangs ist viel freier als bei uns, wird emotional aus offener Kehle gesungen.

Klapa-Gesang bedeutet immer Vielstimmigkeit. Tenor, Kontertenor, Bariton und Bass beziehungsweise Sopran, Mezzosopran und Alt und führen eigene Stimmen. Meist dirigiert einer aus der Gruppe, der selbst mitsingt. Teilweise hören wir wunderbare Stimmen. In der Überzahl treten Männergruppen auf, meist aus acht bis zwölf Teilnehmern bestehend, aber es sind auch zwei Frauengruppen dabei, die mir gut gefallen. Alle sind gleich gekleidet und zeigen sich in traditioneller Tracht, mit weißem Hemd, schwarzer Hose und roter oder grüner Bauchschärpe; die Frauen in weißen Kleidern, einige in Rock und Bluse, ebenfalls mit bunter Bauchbinde. Es ist, auch wenn man kein Trachten-Fan ist, ein schönes Bild. Teilweise bekommen wir Bühnen- und Fernsehreifes zu Gehör, zum Beispiel eine 7-köpfige Männergruppe, durchweg offensichtlich bestausgebildete

Solosänger mit großartigen Stimmen, vor allem im Bass und Tenor, die höchst anspruchsvoll gesetzte Lieder singt. Ich bin beeindruckt.

Die Darstellung endet mit einem großen Finale. Alle Gruppen stehen zusammen dicht gedrängt auf der Brücke und singen gemeinsam – und natürlich auswendig – ein traditionelles Lied. Auch die Zuhörer singen mit. Weit trägt der Gesang. Ein Erlebnis, das mir unter die Haut geht!"

Klapa gibt's in vielen Formaten; manchmal konzertreif, manchmal volkstümlich. Ich habe zu Letzterem eine kleine Begebenheit im Tagebuch festgehalten:

„Es ist inzwischen dunkel geworden. Auf der Rückfahrt aus Jelsa kommen wir in Vrboska vorbei. Da ist heute Abend offenbar was los. Das malerische Licht der Laternen, die vollbesetzten Lokale, die im Hafenbecken ankernden Yachten, die offenen Läden, die am Kai aufgereihten Lavendel-, Kunsthandwerk-, Ess- und Wein-Stände, an denen die Menschen in Gruppen vorüberschlendern, verbreiten eine zugleich einladende und intime Atmosphäre. Eigentlich sind wir müde, aber dann bleiben wir doch hängen. Direkt am Hafenbecken ist eine Bühne aufgebaut. Da wird noch was stattfinden. Ein dichter Pulk von Menschen steht derweil auf der Hauptbrücke, die wir passieren müssen, da ist jetzt kein Durchkommen. Es dauert eine Weile, bis wir uns etwas nach vorne gearbeitet haben und sehen, was los ist. Neben der Brücke, ein paar Meter entfernt, steht ein Boot im Wasser, darin eine Gruppe von 7 oder 8 Männern, alle in Shanty-Hemden und schwarzen Hüten mit rotem Band. Sie singen ohne Unterbrechung, mit Leidenschaft und Hingabe Klapa-Lieder aus einem scheint's unerschöpflichen Lieder-Repertoire, sämtlich auswendig gesungen ohne Noten, ohne Texte, begleitet von zwei Mandolinen und einer Gitarre. Manche greifen ans Herz, manche sind eher schmissig. Was mich aber am meisten beeindruckt: Viele der Umstehenden singen mit. Dabei sind es in Harmonien, Rhythmen und Stimmführungen teilweise anspruchsvolle Arrangements, die die Gruppe vorträgt. Das kann man nicht mal so eben vom Blatt singen. Dafür muss man Musik im Blut haben und viel üben."

Ein andermal notiere ich: „Heute ist in Jelsa Weinfest. Alle Welt ist auf den Beinen und flaniert durch die Gassen am Kai. Es sind zahlreiche Verkaufsstände aufgebaut, darunter viele duftende Ess-Angebote, etwa eine Spanferkel-Spieß-braten-Station mit nicht weniger als einem Dutzend Spanferkeln am Drehspieß. Und vor allem Wein-Stände, wo man kosten und kaufen kann, offen und in Flaschen, je nach Geldbeutel, billig oder teuer. Wir probieren beides und bleiben dann lieber beim teuren.
Zwei Bühnen hat man aufgebaut; eine kleine vor dem Rathaus direkt am Kai, eine große auf dem zum Meer hin offenen Platz unterhalb der Kirche. Auf der kleinen spielt eine jazzige Band im Louis-Armstrong-Stil, nicht schlecht. Außerdem tritt, abwechselnd, eine Volkstanzgruppe in traditionellen Trachten auf. Wir hören und schauen gerne zu. Es gibt viel Beifall.

Im Hafenbecken gibt es ein Stelldichein kleiner Boote, die unter bengalischer Beleuchtung übers Wasser treiben, ein schönes Schauspiel. Eine kleine Viermanntruppe, ein Akkordeonspieler, ein Gitarrist, ein Bassist und ein Cachon-Spieler, zieht auf der Promenade von Stand zu Stand, von Lokal zu Lokal, singt irgendwo zwischen den Menschen traditionelle Klapa-Lieder unter Beteiligung vieler Passanten. Wir kosten einige Gläser Wein und essen eine Art Plescavica-Döner. Sehr lecker.

Auf der großen Bühne unterhalb der Kirche singen später zwei Klapa-Gruppen, eine Männergruppe, die den Hauptteil der Vorstellung bestreitet, und eine Frauengruppe, die wir im vergangenen Jahr schon einmal hörten. Beide singen ausgezeichnet. Wir sichern uns mit Geschick beste Plätze. Die Männergruppe ist fantastisch, sie besteht aus acht Einzelkönnern. Teilweise wird sie von einem genauso ausgezeichneten E-Pianisten begleitet. Anfangs singen sie komplizierte moderne Stücke, später Gospels und Heimatliches, bei dem viele aus dem Publikum mitsingen. Die Lieder gehen an mich.

Erst deutlich nach Mitternacht, während noch eine weitere Band Spektakel macht, begeben wir uns auf die Rückfahrt. Überall am Kai ist noch viel los, im Gegensatz zum bereits nachtschlafenen Vrboska. Die Strecke zurück zum Campingplatz kennen wir inzwischen wie im Schlaf. Sie ist am Tag schön und in der Nacht schön. Selbst um diese Zeit laufen auf dem spärlich beleuchteten Weg noch Menschen irgendwohin. Während wir zurückradeln klingen die Lieder des Abends noch in mir nach. Manche werden mir im Lauf der Zeit zu Ohrwürmern."

Dieses Volk singt. Es singt viel und gern und schön und auswendig. Leider verstehen wir die Texte nicht, aber wovon werden sie schon handeln? Von der Liebe, von Treue und Verrat, von den alltäglichen Themen der Arbeit, vom Wein, von der Freundschaft, von der dalmatinischen Heimat. Die Struktur der Lieder ist in der Regel einfach, aber die Vielstimmigkeit und die Variationen der Harmonien geben ihr Kraft und Seele.

Das Singen ist die Sprache der Seele. Zwar kann man sich nicht überall fröhlich niederlassen, wo man singt; zum Beispiel nicht dort, wo nur gegrölt wird. Bei uns wird öffentlich nicht viel gesungen. In Fußballstadien wird eher gegrölt. Oder in Bierzelten. Die Lieder unserer Kindheit, die ich in der Grundschule auswendig lernte, sind verschollen. Ich kann sie noch. Zum Glück spiele ich Gitarre und kenne viele schöne Lieder, die ich früher in den Jugendgruppen sang. Ich singe sie, wenn ich meine Gitarre zur Hand nehme, immer noch, aber meistens nur allein. Wir haben mit unseren Kindern viel gesungen. Aber da bilden wir eine Ausnahme. Die heutige Generation konsumiert überwiegend englischsprachige Songs. Die kann man vielleicht mitsingen. Aber es ist nicht das eigene Liedgut. Wie schade!

In Kroatien wird viel und aus voller Kehle gesungen. In der eigenen Sprache. Ich beneide dieses Volk um seinen Gesang.

Vom Hängenlassen

„Ora et labora", „bete und arbeite" lautet die alte Regel des Benediktiner-Ordens. Oft wird sie so interpretiert, als ob menschliches Leben aus diesen beiden Polen bestünde: Mühe, Arbeit und Pflicht auf der einen, Ruhe, Einkehr und Gebet auf der anderen Seite. Beides müsse seinen eigenen Platz haben – eine Erkenntnis, die Menschen und der Gesellschaft als ganzer oft verlorengeht, meist zugunsten der Pflichtseite.

„Bete und arbeite" – diese Regel gibt dem Beten den Vorrang. Darin steckt eine tiefe Weisheit. Die Kraft zum Arbeiten und Pflichten-Erfüllen kommt aus der Ruhe, dem inneren Gleichgewicht, der Anbindung an das Große Ganze – sonst wird sie kurzatmig und man wird krank. Nicht erst die Arbeit, dann das Vergnügen, sondern nach dieser Regel muss es umgekehrt sein.

Aber die Regel „Bete und arbeite" öffnet noch ein anderes Problem. Es steckt im „Und". Wie gehören die beiden Seiten zusammen? Geht es bloß um ein Nacheinander? Geht es nicht auch um ein Miteinander? Und wie sollen die Gewichte zwischen beiden verteilt sein? Sollen sich beide einfach nur abwechseln? Wie Arbeit und Freizeit? Wie Alltag und Urlaub? Sollen sie sich durchdringen? Aber wie?

Seit alters sind die Gewichte eindeutig verteilt, so werden wir groß. Die Arbeit ist übermächtig. Es ist uraltes Menschheitswissen: „Im Schweiße deines Angesichts sollst du dein Brot essen, bis du wieder zur Erde kehrst, von der du genommen bist. Denn Erde bist du, und zur Erde musst du zurück" (*Genesis* 3,19). Irgendwann hat zwar alle Mühe ein Ende. Dann kehrt Ruhe ein. Aber erst am Ende. Ist es nicht so?

Im *Psalm* (90,10) heißt es unnachahmlich: „Unser Leben währet siebzig Jahre. Und wenn's hochkommt, sind es achtzig Jahre. Und wenn's köstlich war, ist es Mühe und Arbeit gewesen." Die hohe Wertschätzung der Arbeit, aber auch die Klage über ihre rückenbeugende Last ist Teil unserer Kultur. Welchen Stellenwert besitzt die Arbeit, die Pflicht, die Last, die Anstrengung und auch das Leid, für das menschliche Leben, und in welchem Verhältnis steht das uns auferlegte Schwere zur Lust, zur Freiheit, zur Lebensfreude und womöglich zur Muße?

Goethe versetzt diesen Gedanken in den Kontext menschlicher Alltagserfahrungen und dichtet großartig im „Schatzgräber":

„Tages Arbeit / abends Gäste / Saure Wochen / frohe Feste / sei dein künftig Zauberwort".

Es liest sich wie eine nichtreligiöse Erklärung zum „Bete und arbeite". Hat er recht? Ist das die gute, lebbare Antwort auf die Frage, wie jeder für sich Arbeit und Pflicht, Selbstfindung und Lebenslust in ein richtiges Verhältnis setzen kann?

In den letzten über zweitausend Jahren, seit die Bibelworte formuliert wurden, und noch viel mehr in den vergangenen zweihundert Jahren, seit *Goethe* dieses Gedicht schrieb, hat sich, jedenfalls in dem durch die industrielle Revolution und die Aufklärung geprägten Teil unserer Welt, das Verhältnis der Menschen zu Arbeit und Freizeit, Erwerbstätigkeit und Rentenalter fundamental verändert. Fast nichts ist mehr so wie damals.

In einem kapitalistisch geprägten Wirtschaftssystem sind die persönlichen Bedürfnisse der Vermehrung von Profit, der Effektivität und time-is-money-Ideologie ausgeliefert. Davon scheinen auf den ersten Blick alle zu profitieren, wenn auch einige mehr als die anderen. Die Trennung von Arbeit und Erholung, von geforderter Leistung und privaten Bedürfnissen, von Pflicht und Lust, von Anstrengung und Entspannung, von fremdbestimmt und selbstbestimmt, von Müssen und Dürfen, von Freizeit und Urlaub sind in unsere täglichen Verrichtungen, aber auch unsere Hirne einbetoniert. Und weil kein Bereich des Lebens sich den Krakenarmen der Vermarktung und des Konsums entziehen kann, hat der Lust- und Freizeitanteil die Tendenz, immer weniger selbstbestimmt zu sein.

Arbeit gegen Freizeit. Sich auspowern gegen Erholung. Alltag gegen Urlaub. Muss man nicht noch weiter gehen: Ist diese Fundamental-Aufspaltung richtig? Wird sie dem Leben gerecht? Sollte sich beides nicht möglichst annähern? Sollte es sich nicht durchdringen? Wie sieht eine stimmige Work-life-balance aus?

Für *Goethe* durchdringen sich Pflicht und Muße im täglichen und wöchentlichen Wechsel. Für die Mehrzahl der Bevölkerung stehen Arbeit und Urlaub in keinem guten Verhältnis.

Wie sollen und müssen die Anteile verteilt sein? Wo will ich mich selbst verorten? Wo willst du dich verorten?

Der Urlaub schenkt uns Zeit, mit uns ins Gespräch zu kommen, jeder mit sich, wir miteinander. Überhaupt darüber nachzudenken, ist zweifellos ein Luxus, den sich in unserem Land und in den westlichen Ländern Generationen vor uns schwer erkämpft haben. Wer nicht weiß, wie er das Essen für morgen heranschaffen kann, wie er sich schützen kann vor Gewalt, Krieg und Ausbeutung, hat keinen Spielraum, sich solchen Fragen zu stellen. Also nehmen wir uns die erstrittene Erlaubnis und fragen.

Wir beide sind wohlversorgte Rentner. Wir haben es gut. Wir haben es nach 75 Friedensjahren in unserm Land besonders gut. Wir können und sollen uns nicht anmaßen, Menschen Vorschläge zu machen, die in ganz anderen Verhältnissen leben. Aber wir können, sollen und ich sage: müssen für uns selbst klären, wohin es mit uns gehen soll.

Das für den Erwerb notwendige Arbeitsleben haben wir beide hinter uns. Das Standbein ist ausgestanden. Jetzt geht es nur noch um das Spielbein. Ich frage mich: Wie viel Spiel hat mein Bein? Wie sehr funktioniert es nach den Regeln des andern Beins? Wie frei darf es schwingen und treten?

Wann und wo könnte man sich solchen Fragen besser stellen als im Urlaub? Ich bin weit davon entfernt, fertige Antworten zu haben. Aber der Urlaub und vielleicht speziell unser Rentner-Urlaub er-laubt mir und uns, unser Leben aus anderer Perspektive zu betrachten. Dafür habe ich dieses Büchlein geschrieben.

Ich habe mich in den vergangenen Kapiteln, so gut ich konnte, auf die Seite der Lust geschlagen. Ich suche nach Gelegenheiten, dem Fremdbestimmungs-System Schnippchen zu schlagen. Ich suche nach Orten, wo ich innehalten kann, an denen ich ankomme, wo die Seele mitkommt.

Und welcher Ort könnte dazu besser geeignet sein, sich auf sich selbst zu besinnen, als – die Hängematte? Kaum etwas symbolisiert das freie, unbedrängte, gelassene Leben besser als die Hängematte. Ein Lob auf jenes Volk, das sie erfunden hat! Es kann sein, dass sie ursprünglich ganz anderen Zwecken diente. Aber inzwischen hat sie die Welt erobert. Ich möchte sie nicht missen. Auf keiner Reise darf sie fehlen. Früher haben wir unsern Standplatz vor allem danach ausgesucht, ob es Gelegenheit zum Aufhängen der Matte gab. Das hat unsere Möglichkeiten beschränkt. Seit ich auch ein Gerüst zum Aufhängen der Matte mit auf Reisen nehme, hat sich die Lage vereinfacht.

Inzwischen, das habe ich beschrieben, schlafe ich durchgängig nachts in der Hängematte. Von unten wärmt mich ein Polster, über mir schaue ich in den Sternenhimmel. Diese Nähe zum Himmel, zu Wind und Wetter, zu den Geräuschen der Nacht, sauge ich auf. Auch tags setze ich mich öfter in das Schaukeltuch und lasse mich mithilfe eines Bandes, das ich an den gegenüberliegenden Baum geknüpft habe und das ich manchmal ziehe oder locker lasse, hin und her pendeln.

Wir haben noch eine zweite Hängematte dabei, manchmal gibt es die Möglichkeit, sie zusätzlich aufzuhängen. Sonst müssen wir uns die eine teilen. Auch zu Hause habe ich auf der Terrasse eine Hängematte aufgebaut, wie du weißt. Leider gönnen wir sie uns viel zu selten. Ich bin mir bewusst: da verpassen wir Wesentliches. Wenn ich bei uns in die Hängematte steige, dann steigt immer gleich ein Stück Urlaub in mir auf. Dann schaue ich in die Buche über uns, höre den Vögeln zu und lasse mich hängen. Dann bin ich mit mir zufrieden. Dann darf erst einmal alles so sein, wie es ist. Vielleicht legen wir uns in Zukunft, und wäre noch so viel zu bedenken und zu tun, und stünde noch so viel auf unsern Listen, einfach mal in die Matte. Ich bin sicher, fast alles, was getan werden muss, kann auch später getan werden. Dazu habe ich das folgende Schüttelreim-Gedicht geschrieben. Ausdrücklich möchte ich es dir widmen. Es soll alles, was ich in diesem Büchlein zur Sprache gebracht habe, zusammenfassen.

Lob der Hängematte

Als einst wir in der Wiege lagen,
war's unser erster Liegewagen.
Wir konnten frei im Wagen liegen
und uns in allen Lagen wiegen.
Wer davon eine Menge hatte,
schwärmt später von der Hängematte.
Allein, zu zweit sich wiegen, schweben,
am Glücke ganz verschwiegen weben,

den Tag vergessend, leise wiegend,
wird man gelassen, weise – liegend!
Du ruhst, gerahmt von sachten Träumen,
die sanft dir Sein und Trachten säumen
und den Geschmack vom „Mattenhängen"
in alles, was wir hatten, mengen.
Hier weilst du gerne: Stunden, Wochen,
selbst wenn dir Mücken Wunden stochen,
nichts ist so schön wie lindes Wiegen,
im Pendelschlag des Windes liegen,
wenn Stress und Hektik, Laufen, Hasten
abfällt vom Hals wie Haufen Lasten.
Du musst nichts tun, nicht drängen, sinnen,
lauscht nur nach den Gesängen drinnen,
brauchst nicht, was andre lallen, fassen.
Hier geht's schlicht nur ums Fallen-Lassen.
Du wirst auf feine Art sacht-matt.
Die Matte, kurz gesagt, macht satt.
Die Welt entschleunigt sich, läuft sacht.
Was sonst die Seele leersäuft, lacht.
Bedenke diesen Geist der Matte!
Den, weiß man, schätzt auch meist der Gatte.
Schon einst war's unsre liebste Bleibe
in Mutters (gerne bliebste!) Leibe,
wo schaukelnd wir ins Leben schwankten,
zu jedem Ziel im Schweben langten.
So lernst du in der Matte weilen,
läufst nebenbei – in Watte – Meilen.
Das merkt ein Mensch sich, liebt die Wiegen,

und schunkelt gern und wiegt die Lieben.
Mal hin, mal her, so weben leise
und spinnen wir das Leben weise.
Ach schaukeln! Unser achter Sinn!
Nichts führt zur Mitte sachter hin.